KB071836

지게차 왕

정재무 장편소설

도서출판
청어

지게차 왕

정재무 지음

발 행 처 · 도서출판 **청어**
발 행 인 · 이영철
영　　업 · 이동호
홍　　보 · 천성래
기　　획 · 남기환
편　　집 · 방세화
디 자 인 · 이수빈 | 김영은
제작이사 · 공병한
인　　쇄 · 두리터

등　　록 · 1999년 5월 3일
(제321-3210000251001999000063호)

1판 1쇄 발행 · 2021년 2월 26일

주　　소 · 서울특별시 서초구 남부순환로 364길 8-15 동일빌딩 2층
대표전화 · 02-586-0477
팩시밀리 · 0303-0942-0478

홈페이지 · www.chungeobook.com
E-mail · ppi20@hanmail.net
I S B N · 979-11-5860-925-2(03810)

지게차 왕

정재무 장편소설

작가의 말

힘들다. 생각하고 또 생각해야 하는 시간들의 연속이다. 하나의 작품을 기획하고 정리하고 또 완성시키는데 소요되는 인내 그리고 고통과 고뇌의 시간들. 이제는 그 인고(忍苦)의 시간들마저도 행복이고 기쁨이 되는, 마치 '뫼비우스의 띠'의 마법에 걸린 듯한 황홀함에 취할 수도 있을 것 같다.

잠시라고 생각했지만 십 수 년이 흘렀다. 고단했던 삶에 한 줄기 희망으로 다가와 나의 손을 어루만져주고 이끌어 준 아름다운 글자들에게 고마움을 전한다. 물류 밥을 먹으면서도, 점점 멀어지는 듯하면서도, 늘 가까이에서 은연중 나의 등을 떠밀어 준 소중한 존재들이다.

애지중지 품 안의 자식 같던 글자들이 세상의 빛을 볼 수 있게 손을 내밀어 주신 도서출판 청어 이영철 대표님께도 감사의 마음을 전한다. 많은 것을 배우고 돌아볼 수 있었던 유익한 시간이었다.

생각하고 싶다. 줄어드는 나의 뇌가 나약한 육체에 의해 잠식당하지 않는 한은 계속 그래야만 할 것 같다.

글을 쓰는 것으로 먹고 살아야겠다는 생각을 해 본 기억이 어렴풋이 난다. 아마도 학생 시절 그 어딘가 즈음이었을 것이다.

나는 현재의 삶에 만족하며 살아가고 있는가. 과연, 의문이다.

몸도 마음도 훌쩍 커버린 지금, 현실에 부딪히고 닳고 닳아 바짝 메말라버린 나의 몸뚱이는 여전히 길을 잃고 방황 중인가 보다.

2021년, 추운 겨울의 시작점에서

정재무

차례

오늘도 영재는 달린다

낮부터 비다. 그것도 부슬부슬 기운 없이 내린다. 그런 이유에서일까. 출근해서 느낀 물류센터 안의 모습은 왠지 더 질척이고 우중충해 보였다.

저기 멀리 보이는 형광등 아래로 마치 안개가 끼어 있는 듯 그 형상들이 희뿌옇게 보이는 것만 같다. 습기로 인한 퀴퀴한 박스 냄새는 유난히도 영재의 코끝을 괴롭혔다.

"지난 한 달간 안녕하셨습니까?"

오늘은 한 달에 한 번 물류센터의 전 사원들이 모이는 전체 조회가 있는 날이다. 이번에도 어김없이 센터장의 지난 달 안부를 묻는 인사로 조회가 시작됐다. 한 달만의 전 직원들과의 만남인데 처음 내뱉는 말에 그리도 할 말이 없는지. 매번 똑같은 인사말의 조회 시작이다. 물론 애써 지어보이는 듯한 센터장의 밝고 어색하게 빛나는 얼굴 표정을 덤으로 볼 수도 있었다.

평소엔 유난히도 뻣뻣했던 그의 그 허리가 반쯤이나 되려는 듯 억지로 앞으로 숙여졌다. 그 모습을 받아들여야 하는 영재는 물론 거북하다.

'평소에나 저렇게 잘 할 것이지. 무슨 정치인도 아니고.'

영재는 속으로 생각했다.

더욱이 그 앞을 마치 호위라도 하는 듯 둥글게 원을 그리고 서 있는 관리자들을 보고 있자니 영재는 조회 시작 전 벌써부터 짜증이 밀려왔다.

"오늘 여기 모이신 여러분들을 보니까 저절로 힘이 나네요. 제가 이렇게 전체 조회 시간마다 우리 사원님들께 항상 강조하는 말이 있죠? 기억들 하시나요? 우리는 한 가족이라고…… 일을 하기에 앞서 우리는 가족입니다. 여러분들이 건강하고 또 여러분들의 가정이 평온해야……."

여기까지 들은 뒤 영재는 발길을 돌렸다.

'그냥 올라갈 걸. 역시 괜히 왔네.'

매달 돌아오는 전체 조회 때마다 되풀이되는 생각이었다. 그래도 혹시나 뭐라도 있나싶어 항상 조회 중간 즈음까지는 들어보고 발걸음을 돌리곤 했지만 오늘은 왠지 시작부터 짜증이 확 밀려왔다. 추적추적 내리는 비 때문이었을까.

업무에 관한 내용이라도 말해준다면 듣고 있어나 보겠다. 하지만 센터장은 항상 전체 조회를 할 때 마다 업무 외적으로 필요 없는 얘기만을 늘어놓곤 했다. 그렇지 않아도 하루 종일 서서 일해야만 하는 고단한 하루의 일과인데 근 20분에 달하는 전체 조회 시간마저 부동의 자세로 서 있자니 일 시작 전부터 벌써 맥이 빠지는 기분이었다.

오늘도 예외는 아니었다. 그런 센터장에 귀를 기울이고 있는 사원들의 모습을 보고 있노라니 울화가 치밀기도 했다.

'내가 평범하지 않은 놈인가?'

간혹 이런 생각을 해본 적도 있었지만 그러거나 말거나 영재는 그런 생각 조차에 별로 개의치 않고 행동했다.

오합지졸 대형이었다. 전체 조회에 모인 사원들은 워낙에 우왕좌왕 정리되지 않은 식으로 모여 있는 까닭에 누가 어느 파트의 일원인지도 모를 정도였다. 때문에 조회 도중 누구 하나쯤 휀히 뚫려 있는 사방의 어느 공간으로 사라져 버린다 한들 전혀 이상할 게 못 되었다.

조직의 규칙과 기강 따위는 찾아볼 수 없었다. 그야말로 이곳은 남들이 흔히들 말하는 일하기 '편한' 직장이었다. 그렇기에 이른 저녁 시간 주간 조와 맞교대를 하는 시스템의 이곳은 낮에 다른 일을 하고 출근하는 이른바 '투잡족'들에겐 마치 천국과도 같은 회사였다. 비록 비정규직 신세의 등불 같은 존재들이긴 하지만 말이다.

이것은 영재가 이곳을 쉽게 떠나지 못하는 이유 중 가장 큰 이유였기도 했다. 낮에 다른 일을 보고 있는, 이른바 투잡을 뛰고 있는, 영재에게 이곳 물류센터는 지게차를 타며 편하고 쉽게 돈을 벌 수 있는 그의 귀한 '돈벌이' 수단 중의 하나였던 것이다.

영재는 엘리베이터에 몸을 맡긴 채 출근하면 항상 움직이는 동선대로 맨 꼭대기 층으로 올라갔다. 물류센터의 거대한 덩치에 맞지 않게 너무나도 협소하게 느껴지는 승객용 엘리베이터는 매번 탈 때마다 숨이 막힐 것만 같은 답답함을 감수해야 했다.

모두가 전체 조회에 참석하고 있는 까닭에 꼭대기 층은 조용했다. 진한 고요함으로 인해 한 겨울의 한기가 더 차갑게만 느껴졌다.

냉난방 시스템이 잘 갖춰져 있는 물류센터에서 일하는 노동자들의 바람은 과연 헛된 과함인 것일까. 영재는 냉난방 설비가 잘 갖추어진 사무실에 앉아 일하는 주위의 사무직 친구들이 부럽지는 않았다. 다만 그럼에도, 물류센터에서 한 여름과 한 겨울을 맞이할 때마다 느껴지는 몸서리쳐짐은 어찌할 수 없는 사실임이 분명했다.

'저딴 거지같은 깡통에 투자할 돈으로 사원들 근무 환경이나 개선해 줄 것이지.'

올라오자마자 마주해 창가 옆에 위치한 지게차 로봇 라인 쪽을 바라보며 영재가 중얼거렸다.

FT봇1.

그룹 회장이 막대한 자금을 퍼부어가며 애정을 쏟고 있는 인공 지능 지게차 로봇의 가칭이다. FT봇1은 그룹의 일환으로 거대 해외의 자본까지 끌어들여 오랜 연구 끝에 시험 가동 중에 있는 세계 최초의 지게차 로봇이었다.

영재는 똘끼를 품은 가소로운 눈빛으로 그에게는 오직 고철 덩어리로만 보이는 로봇을 한 동안 바라보며 서 있었다. 이미 외국에서는 물류센터 공정의 자동화가 어느 정도 진행되어 가고 있다는 말을 어느 뉴스에선가 들은 적이 있는 것 같았다. 그러고 보면 세계 최초의 지게차 로봇을 실험 운영하고 있는 이곳에서 근무하는 것도 나쁘지 않은, 나름 보람된 일이었을 지도 몰랐다.

영재는 이윽고 입식 지게차들이 충전되어 있는 장소로 발길을 옮겼다.

흰색, 녹색, 주황색, 청록색, 빨간색.

그야말로 색색깔들의 향연이었다. 영재는 색깔별로 가지런히 잘 정리되어있는 지게차들을 바라보고 있노라면 이상하게 흐뭇했다. 마치 억만장자가 되어 나만의 차고에 여러 가지 색깔과 모델의 슈퍼 카들을 소장하고 있는 것처럼 느껴지기도 했다.

'이것들이 전부 내 개인 지게차라면 얼마나 좋을까? 그럼 시간별로 바꿔 타면서 신나게 일할 수 있을 텐데.'

오늘처럼 제일 먼저 도착해 길게 늘어서 잘 정돈되어 있는 지게차들을 바라보는 날이면 영재는 늘 혼자 이렇게 생각해 보곤 했다. 그리고 그렇게 생각하며 일과를 시작하는 날이면 그날은 항상 기분 좋게 하루를 보낼 수가 있었다.

오늘도 영재는 달린다. 그가 제일 좋아하는 색깔의 지게차를 집어타고 그것에 기대어 신나게 달린다.

영재는 이 시간이 가장 좋았다. 본격적인 업무가 시작되면 누릴 수 없는 호사였기 때문이다. 업무에 치여 수도 없이 많은 물건들을 들었다 놨다 해야 하는 지게차 업무의 특성상 지금처럼 아무 생각 없이 지게차만 타고 내달릴 수 있는 시간은 그리 많지가 않았다. 쉬는 시간이 되면 쉬러 가기 바빠서 타던 지게차를 아무데나 내팽개치듯 버려두기 일쑤였고, 업무가 끝날 즈음엔 몸도 마음도 이미 녹초가 되어버려 그런 재미를 누려볼 생각조차 들지 않았다.

오로지 지금, 출근하고 업무에 필요한 물품들을 챙기러 가는 짧은 찰나의 순간에만 누려볼 수 있는 즐거움이었던 것이다. 누구의 눈치도 보지 않고 아무런 스트레스 없이 앞만 보고 지게차를 달려볼 수 있는 소박한 즐거움. 그러고 보니 영재는 제법 치열한 삶을 살아내고 있었다.

늘 단정하게 잘 다듬어져 있는 영재의 머리였지만 한겨울 물류센터의 차가운 실내 공기는 짧게 잘려져 있는 머릿결을 더 깊이 파고들만큼 충분히 매서웠다. 가만히 서 있기만 해도 손발이 저릴 만큼의 추위인데 지게차에 몸을 기댄 채 시속 7㎞의 속도로 바람을 맞는 일은 매일 매일이 새로울 만큼 춥고 또 고통스러웠다. 평소 자동차로 출퇴근할 때면 속도를 제법 즐길 줄 아는 스피드광의 영재였지만 시속 7㎞의 속도가 이렇게 차가운 바람을 만들어 내는 줄 전에는 절대 알 수 없었던 신기함이기도 했다. 지게차 사원으로서 꽤 단련이 됐을 만큼의 세월을 겪어가는 순간임에도 매년 겨울은 영재에게 항상 새로운 추위를 안겨다 주는 것만 같았다.

그렇게 영재는 업무 시작 전 항상 지게차 사원들이 모이는 곳으로 이동했다. 그곳에서 지게차 조장에게 그날의 업무 지시를 받는 조회를 하기 위함이다.

조회 장소에서 멀지않은 곳에 위치한 비품함에서 업무에 사용할 무전기와 장비들을 챙기고 주변을 서성여 본다. 지게차 동료들은 아직 보이지 않았다. 마침 오싹한 한기를 느낀 영재는 지게차에 기대어 푸쉬업을 해본다.

지게차는 참으로 쓸모가 많은 장비임에 틀림이 없었다. 기대어 상체 푸쉬업을 하고, 잡고 하체 스쿼트를 할 수 있었으며, 머리 위 철제로 만들어진 안전 지지대를 이용해 턱걸이도 가능했다. 그러고 보니 헬스장에 따로 갈 필요가 없는 듯했다. 이렇게 지게차를 이용해 짬을 내어 운동하다 가끔 관리자들의 눈에 띄게 되기라도 하면 따가운 눈초리와 듣기 싫은 한 소리를 듣게 되긴 하지만 말이다.

어느 정도 몸에 열기가 올라왔을 때 즈음 지게차 동료들이 하나 둘씩 보이기 시작했다. 그리고 뒤이어 센개가 올라왔다. 영재를 포함한 몇몇의 지게차 사원들은 지게차 관리를 맡고 있는 지게차 조장을 '센개'라 불렀다.

'센터장의 개.'

영재는 지게차 조장을 볼 때마다 참 안쓰러웠다. 지게차 사원들 앞에서는 윗사람에 맞서 싸워가며 지게차 사원들의 권익을 위해 애쓰는 척 온갖 똥폼을 다 잡는다. 그리고는 뒤에서 사원들을 서로 이간질 시키고 본인의 영달을 위해 사원들을 이용하며 분탕질 시켰다. 본인보다 능력이 나은 것 같은 사원을 눈 밖에 내는 것은 당연지사 기본이었다.

그렇지만 센터장이나 본사에서 파견 나와 함께 일하는 사무직 직원들에게는 또 어찌나 깍듯이 대하는지 나이와 직책의 고하를 막론하고 90도로 인사를 하는 것은 기본이었고 그들이 시키는 것엔 무엇이 되든지 간에 무조건 '예스'만을 외치는 예스맨이었다.

달리 생각해 보면 직장 생활을 아주 영악스러울 정도로 잘 하고 있는 것으로 보일 수도 있겠다. 하지만 최저 시급을 받아가며 현장에서 함께 힘들게 일하고 있는 밑에 부하 직원들한테 꼭 저래야만 하는 건지, 영재는 그저 의아스러워 했던 적이 한두 번이 아닐 정도였다.

온갖 가식적인 말과 행동으로 지게차 사원들을 대하고 있는 지게차 조장의 모습을 보고 있노라니 영재는 신물이 올라왔다. 누군가 관상은 과학이라 했던가. 얼굴 생김새로 사람을 평가하는 건 좀 그렇지만 '쎈개'에게는 생긴 대로 논다는 말이 그저 딱 어울리는 표현이었다.

일도 안하고 그저 거들먹거리며 돌아다니면서 윗사람들한테 아부나 해대는 지게차 조장의 모습을 보며 하루를 시작해야 한다니 영재는 다시금 가슴 한쪽이 뻐근해진다. 그래도 어쩌겠는가. 하루 벌어 하루 먹고 사는 최저 시급의 삶을 살아내고 있는 입장에서 일은 해야만 했다. 생계를 위해서는, 단지.

지금쯤이면 어린이 집과 학교에서 돌아와 집에서 함께 시간을 보내고 있을, 아직은 어린 토끼 같은 세 명의 자식들과 사랑스런 아내가 영재는 눈에 밟힌다.

지게차 사고

임원회의 시간은 언제나 살기가 돌았다. 살벌한 긴장감이 가득한 공간. 그 공간을 가득 메운 모든 탁한 공기는 그룹 총수인 신 회장의 입에서 뿜어져 나왔다.

"그래서, 지금 진행 상황이 어디까지 갔다는 거야?"

아무도 쉽게 나서서 대답을 하지 못한 채 회의실 안은 그저 적막감만 감돈다.

"……내가 이거 일일이 나서서 확인을 해야 돼? 니들 눈엔 내가 그렇게 한가해 보여? 내가 니들 월급을 왜 주니? 아니 돈을 얼마나 들이 붓고 있는데 어떻게 진척이 없느냐 말이야, 진척이."

머리가 희끗 희끗한 임원들을 앞에 두고 신 회장은 익숙한 듯 호통을 쳐댔다. 임원들은 다들 얼굴이 상기된 듯 고개를 숙인 채 숨만 죽이고 있을 뿐이었다.

"야, 그 왜 얼마 전 물류센터에서 지게차 사고 나서 다쳤다는 애한테는 갔다 왔어? 걔 싸인 받아 왔냐고."

엄연히 전무, 상무, 이사 등등의 직함이 있는 사람들이 었지만 신 회장은 회의 시간에 그들의 직함을 존중해 불러주는 일이 드물었다. 그냥 면전에 대고 '야' 라고 부르는 게 그들의 호칭이고 또 직함이었다.

"회장님, 그게…… 굉장히 민감한 사안이라…… 보는 눈들도 있고 특히 언론에서 냄새를 맡아 버리면 저희 그룹 이미지에 치명타를 입을 수도 있는 일이라서……."

김 전무가 말을 흐리기 무섭게 언성이 높아진 신 회장의 목소리와 함께 하얀 종이 한 뭉텅이가 흩어져 회의장을 날아다녔다.

"그러니까 이 새끼야 내가 너 월급 주는 거 아니야, 그러니까. 어디서 이런 능력 없는 새끼가 들어와서 사람 피곤하게 만드네. 야, 나는 어디 놀러 다니냐? 니들 월급 만들어 주려고 뭐 빠지게 다니고 있는데 니들은 그거 하나 제대로 빨리 해결을 못해? 참 속 터지네, 속 터져."

이럴 때면 불똥은 항상 옆자리에 앉아있는 사람들에게도 튀게 마련이었다.

"야, 너는 월급 받고 이달에 한 게 뭐 있어? 어디 얘기들 좀 해보자. 다들 그렇게 입만 다물고들 있을 거야?"

"……."

"회사 꼴 참 잘 돌아간다. 임원 새끼들이 이 모양이니 밑에 새끼들은 오죽 하겠어."

각종 매스컴에 잘 포장되어 대중에 알려진 바와는 다르게 신 회장은 굉장한 악덕 기업을 꾸려가는 악덕 업주였다. 어마어마한 야심을 지닌 야심가였으며 사내에서는 유명한 폭군이었다. 얼마 전 중국 부동산계의 큰 손에게 거액의 투자를 받았다는 소문이 돌고 나서는 그 난폭함이 더해져 하늘을 찌를 기세였다.

고위 임원중의 한 명은 회의 중 앉아 있다가 불시에 신 회장의 발길질에 명치를 맞은 뒤 그날로 바로 사직서를 제출했던 일도 있었다. 이 유명한 일화는 직원들 사이에서 알음알음 전해져 내려와 회사 내 이미 알 만한 사람들은 다 알고 있었다. 그날 퇴사한 임원은 일을 잘한다는 평으로 다른 유명 기업에서 스카우트되어 입사한 지 막 세 달째 되는 날이었다. 회사 내 처세가 이럴 정도이니 신 회장의 수행 운전기사가 바뀌는 것은 부지기수였다.

하지만 그 숱한 갑질의 의혹에도 회사 밖으로 정보가 새어 나가지 않는 이유는 바로 신 회장의 막대한 자금력과 황금 인맥이었다. 전·현직 정관계 고위 인사들은 물론이거니와 언론, 출판계까지도 신 회장의 돈을 받아보지 못한 사람 찾기가 힘들다는 말이 나올 정도였으니 이미 모든 상황은 정리되어 있었던 것이다.

각종 매스컴에서 접했던 신 회장은 그야말로 전지전능한 인물이었다. 회사 내 공식적인 직함은 '대표'였으나 내부적으로는 '회장'이라 불렸다. 누구보다 본인이 대표보다는 회장으로 불리기를 바랐다는 후문이었다. 그것만 보아도 그 사람의 야망을 어느 정도는 예견해 볼 수 있는 부분이었다.

온갖 대중 매체가 떠들어대던 한때가 있었다. 처음 소상공인으로 시작해 온갖 역경을 헤치고 현재를 이루어 낸 입지전적인 인물. 매 분기별로 어렵고 소외된 이웃들에게 엄청난 액수의 후원과 각종 생필품을 기부하는 착한 기업의 대표. 온화한 품성과 부드러운 미소를 머금은 노 신사로 직원들과 단합하며 조직의 최전선에서 열정과 헌신으로 진두지휘하는 강렬한 카리스마. 기타 등등 어느 누가 들어도 감탄을 자아내고 절로 고개를 숙일 수밖에 없는 표현들이었다. 물론 모든 것들이 물질에 의해 재탄생되어진 결과물이었던 것임을 아는 대중은 많지 않았지만 말이다.

반면 출처는 어딘지 모르겠으나 큰 규모의 대부업을 병행하며 지하 경제를 주름잡고 있고 여러 실세 정치인들과의 돈독한 관계를 유지하며 뒤로는 각종 이권을 철저히 챙기고 있다는 카더라 통신 역시 늘 신 회장 곁을 맴도는 소식 중 하나였다.

물론 영재를 포함한 물류센터 내의 직원들은 신 회장의 그림자조차 먼발치에서 나마 본 적이 없었다. 항상 그 시작점을 알 수 없는 카더라 통신 등을 동료들을 통해 혹은 인터넷 가십난을 통해 접할 뿐이었다. 간혹 연중행사인 격으로 회장님이 방문하신다고 물류센터 내 전 직원들이 대청소를 한다며 난리를 피운 적이 몇 번 있었으나 매번 말뿐인 소동이었다. 하긴 귀하신 몸이 먼지 가득 날리며 공기 탁한 물류센터를 몸소 방문할 일은 없지 않겠는가.

회의를 마치고 내려가는 엘리베이터 안에서 임원들끼리의 짧은 대화가 잠시 오갔다.

“회장님도 참 여전하시네, 여전하셔. 아니 매번 왜 저러시지?”

“그래도 오늘은 손, 발로 맞은 사람은 없잖아요. 지난번 허 상무님은 오신 지 석 달 만에 못 볼 꼴 보시고 나가셨잖아요.”

“그렇지. 하긴 그 양반은 뭐가 아쉬워서 그 대접 받아가며 여기 있겠어. 수십억 하는 몸값인데도 서로 데려가려고 난리들인데. 그래도 사람들 다 있는데서 그 지경까지 당하고 조용히 나가신 것만 해도 많이 참으신 게지."

"안 참으면 어쩔 건데? 뭔 소송이라도 걸어서 우리 회장님 이길 수 있는 사람이 누가 있겠어?"

"……."

"아니 근데, 아무리 생각해 봐도 무슨 깡패도 아니고 허구한 날 손찌검에 발길질까지 하시니 이거 불안해서 어디 회의나 제대로 할 수 있겠냐고. 이 나이에 어디 오라는 데도 없으니 그만 둘 수도 없고."

"그래도 이만큼이나 대우해주는 회사 찾기 힘들걸세."

다들 불만 섞인 투정에 신 회장에 대한 반감을 가지고 있으면서도 그들은 항상 제 자리를 지키려 발버둥 쳤다. 전자 상거래 회사로서 동종 업계 최고라는 자부심. 수억에서 수십억에 이르는 연봉과 성과급. 임원들만을 위한 온갖 사내 복지와 부수적인 혜택들. 바로 일반 사원들에게는 베일에 가려져 있는 온갖 특권들이 그들의 발목을 꽉 쥐고 있던 것이었다.

아니나 다를까 벌써 웬만한 중견 기업 이상의 임원들 사이에서는 알게 모르게 신 회장의 성품에 대해 소문이 나 있는지 이미 오래였다. 그리고 소문은 꼬리에 꼬리를 물고 고위 임원들만의 세계에 금방 퍼져 제대로 인식이 박혀 있는 임원들에게 신 회장이 버티고 있는 회사는 늘 기피 대상 중의 하나였다. 외국물을 먹은 사람들이나 업계 소식엔 둔하지만 능력 있고 고지식한 임원들이 간혹 스카우트되었다가 신 회장과 맞닥뜨리고 난 뒤 학을 떼고 줄행랑치는 경우들이 간간이 있을 뿐이었다.

영재가 근무하고 있는 물류센터의 센터장 역시도 외국에서 스카우트 된 케이스였다. 어떠한 인맥으로 인해 스카우트 되었는지는 알려진 바 없었으나 센터장은 매월 첫 주에 있는 월례 조회 때마다 본인이 미국에서 왔다는 점을 유난히 강조하며 어깨를 세우곤 했다. 원래 혀가 짧은 것인지는 모르겠으나 발음도 유달리 꼬부라지게 흘리는 듯 했고 미국은 어떻다는 식의 쓸데없는 비교를 많이 해서 듣고 있는 사원들로 하여금 종종 거부감을 불러일으키기도 했다. 그러면서 국내의 작업 환경이나 노동 실정과는 전혀 어울리지 않는 점을 부각시키고 접목시키려고 시도해 현장에서 일하는 사원들의 짜증을 초래하곤 했다.

사실 센터장이 실제 미국에서 건너온 해외파인지는 확실하지 않았다. 평소 센터장이 하는 언행을 돌아보면 그 어느 누구도 센터장이 특별히 유능한 사람이라고 생각하지 않았기 때문이었다. 어리숙한 말투와 행동들. 간간이 드러나는 허당미. 특히 업무에 있어서는 물류센터를 이끌어야 하는 센터장으로서의 능력이 의심될 만큼 물류 산업

전반에 관한 무지를 지니고 있는 것 같다는 관리자들의 평이 돌았다.

센터장과 본사 신 회장과의 관계가 어떻게 엮여있든, 어찌됐든 간에, 한 가지 확실한 건 센터장 역시도 신 회장의 말 한마디라면 죽는 시늉도 마다하지 않는 충직한 개였다는 사실이었다.

임원 회의에서 신 회장에게 면전 무시를 당한 김 전무는 당황스러운 감정이 올라왔다. 어차피 임원 회의 중 겪는 여러 상황들이야 진즉에 예상을 했었기에 상관없었다. 물론 매번 분하기도 하고 창피하기도 했다. 하지만 이 회사의 임원이라면 그런 감정쯤이야 누구나가 겪게 되는 흔한 감정 노동의 일부에 지나지 않았기에 그저 넘겨낼 수 있었던 것이다.

그보다는, 지금 다쳐서 누워 있는 본사 산하 물류센터 지게차 사원의 사인을 받아오라는 신 회장의 독촉이 김 전무의 목줄을 다시금 죄어왔다.

대책 없는 한숨만 나왔다.

아무리 생각해도 김 전무로서는 도저히 할 수 없는 짓이었다. 회의실에서 나와 집무실로 걸어가는 단 몇 분의 시간동안, 머릿속이 새하얘진 김 전무는 자리에 앉자마자 예전 병문안 갔었던 기억이 다시금 떠올라 힘이 들었다.

담배 생각이 간절했지만 흡연실로 걸어 갈 엄두조차 나질 않았다. 자리에 앉은 채로 뒤돌아 통 유리로 된 바깥세상의 풍경을 잠시 내려다보았다. 잠시 이렇게라도 해야 숨을 온전히 쉴 수 있을 것만 같았다.

끝닿을 것 같지 않은 높은 빌딩숲에 둘러싸여 그 안에서 바삐 움직이는 수많은 사람들. 거대하게 내려다보이는 차도엔 온갖 종류의 자동차들이 분주히 오가고 있었다.

'이 넓고 넓은 세상 속에서 왜 하필 우리 회사, 우리 사원에게 그런 일이 생긴 거야.'

김 전무는 불의의 사고를 당한 물류센터 지게차 사원에게 연민의 정을 느꼈다.

'나도 이럴 땐 우리 회장님처럼 냉철하고 매몰찼으면 좋았을 텐데…….'

마치 전장에서 전의를 완전히 상실한 패전 군인의 심정이었다. 평소 어려운 일들도 막힘없이 진두지휘하며 부하직원들의 칭송을 받아왔던 김 전무였지만 이번 일 만큼은 도저히 자신이 생기질 않았다. 스스로 반인륜적인 범죄 행위라고도 생각 되었고 사람으로서는 차마 못할 짓이라는 생각이 머릿속에서 떠나질 않았다.

그날 병원에서 보았던 힘없는 노동자의 소리 없는 눈빛

이 자꾸만 생각났다.

‘만약 그 눈빛을 신 회장님이 보셨더라면 회장님은 어떻게 행동하셨을까. 내가 물러 터져서 그런 건가?’

아마도 그날의 그 눈빛을 본 사람이라면 그 어느 누구도 쉽게 말을 꺼내지 못했을 것이었다.

‘빌어먹을…….’

영재는 그날을 영원히 잊지 못할 듯 싶었다. 눈앞에서 벌어진 처참한 비극의 현장을.

10년이 넘는 물류 경력에 주변에서 이런 저런 지게차 사고를 많이 듣고 또 보아왔지만 그날의 사고는 최악으로 기억된다. 더욱이, 하필 영재와 같은 조를 이루고 있는 부사수가 사고를 당해 영재는 여간 찜찜한 기분이 아닐 수 없었다. 어차피 휴무일 조 편성을 이유로 입사 순서대로 사수·부사수 2인 1조로 나누어 놓은 의미 없는 조 편성이었지만 그래도 영재는 본인이 사수라는 생각으로 사고 후에도 한참을 괴로워했던 기억이 남아있다. 왠지 본인이 부사수를 잘 챙기지 못해 벌어진 사고인 것만 같았다. 물론 영재 주변의 어느 누구도 그렇게 생각하지는 않았지만 말이다.

그날도 여느 때와 같이 하루의 같은 일들은 반복되고 있었고 모든 사원들은 업무에 집중하고 있었다. 그날따라 입고 물량이 많이 들어와 일층에서 차량 하차를 해야 하는 지게차 사원이 부족했다. 그래서 하는 수 없이 순번에 따라 영재 조가 일층으로 지원을 내려갔다.

영재는 좌식 지게차로 차량에서 물건을 빼내어 도크 위로 올리는 일을 주도했고, 덕수는 영재가 올려주는 물건들을 도크 위에서 받아 안쪽으로 이동시키는 작업에 참여했다.

누구나 그랬겠지만 이제 막 물류 생활을 시작했던 덕수는 모든 점에서 약간씩 서툴러 했다. 그도 그럴 것이 물류와는 다른 쪽의 직장 생활을 하다가 나이 서른 넘어 생소하게 몸 쓰는 일을 하려니 적응하는데 시간이 필요할 듯도 싶었을 것이다. 무엇보다도 덕수는 지게차 자격증을 취득한 지가 얼마 되지 않아 한창 조심해서 지게차를 타야 할 시기였다. 그러나 또 한편으로는 지게차에 대한 자신감이 올라오는 그 즈음이 제법 욕심을 내서 타고 싶은 마음이 굴뚝같이 올라오는 시기이기도 했다.

물량이 하도 많이 밀려들어 시간의 압박에 쫓길 수밖에 없는 물류센터의 업무 구조상 덕수 역시 심리적으로 압박감을 느꼈다. 본인으로 인해 다른 지게차 사원들에게 피해를 주면 안 된다는 생각에 평상시보다 서두르기도 했다. 본인의 실력대로 페이스를 맞추어 꾸준히 지게차를 타야 하는데 마음만 앞서다 보니 정작 지게차보다 몸이 먼저 반응하고 있었던 것이다. 주위를 둘러보면 다른 지게차 사원들은 모두 경력들이 화려해 지게차를 타고 날아다니는 수준으로 일을 하고 있었으니 충분히 이해는 갔다. 하지만 누가 봐도 조금 위험해 보였다. 덕수는 오직 모두들 기계처럼 움직이고 있는 마당에 자신으로 인해 일이 늦어지면 안 된다는 생각뿐이었다.

그날은 마침 밖에 비도 내려 일층 도크 위쪽의 바닥면은 습기로 인해 평상시보다 더 많이 미끄러웠다. 자동차도 비가 내리면 제동 거리가 길어지듯이 지게차 역시 평상시보다 더 많은 주의를 기울여 운행하고 작동해야 했다. 평소보다 멀리 보고 브레이크를 사용해야 했으며 천천히 움직여야 했다. 하지만 경력이 많지 않던 지게차 초보인 덕수는 알 리가 없었다. 그래서 현장에선 경험의 중요성을 그렇게도 강조했나 보다.

도크 밑의 상황도 아수라장이었다. 비가 부슬부슬 내리는 가운데 10톤 이상의 초장축 화물 트럭들이 작은 트럭들과 뒤엉켜 끝없이 늘어서 있었다. 영재가 지게차를 타는 도중 잠시 고개를 돌려 바라본 광경은 흡사 끝이 보이지 않는 기차를 연상시키는 모습이었다.

한숨을 내뱉은 영재는 이제 막 트럭 한 대분의 작업이

끝나 마지막 물건을 빼내어 도크를 향해 달려가는 순간이었다.

도크 아래 낭떠러지로 연결되는 도크 바로 위의 언저리. 그곳을 왔다 갔다 하며 날쌔게 움직이고 있던 덕수의 지게차가 잠시 제동력을 잃고 도크 밑으로 향하는 턱에 잠깐 걸리는 듯하더니 이내 도크 밑 130㎝ 정도 아래로 추락했다.

찰나의 순간이었다. 아니, 사실 정확히 말하자면 지게차가 도크 위와 도크 밑을 구분 짓는 턱에 걸려 움직이지 않았던 단 몇 초간의 순간이 분명 있었다. 하지만 만약 당시 그 주변에 어느 누가 있었더라도, 나약한 인간의 힘으로는 도저히 어떻게 해볼 수 있는 상황이 아니었다. 순간을 목격하고 무언가 행동하려 반응했겠지만 그것은 그저 머리가 생각하는 반응일뿐 몸은 그 자리에 얼어붙어 움직일 수조차 없게 되는 비굴한 순간이었을 것이다. 마치 누군가에 의해 내 육체가 조정 당하고 있다는 듯이 말이다.

괴로운 감정이 밀려들었다. 영재는 그 순간 자리를 박차고 지게차에서 뛰어내렸다. 누가 시키지도 않았지만 고함을 내지르며 추락한 지게차를, 덕수를 향해 내달렸다. 제법 짧은 거리였지만 왜 이리 멀게만 보이는지 아득하게만 느껴졌다. 몇 걸음 되지 않게 뛰어가는 그 순간이 마치 장거리 달리기의 막바지 결승점을 향해 질주하는 순간처럼 왜 이리도 힘든 건지 숨이 막혔다.

덕수는 아무런 외상없이 떨어져 옆으로 넘어간 지게차 옆에 나란히 누워있었다. 다행히 약간의 찰과상만이 있는 모양새였다.

그런데,

"덕수야, 괜찮아? 인마, 일어나! 깜짝 놀랐네."

"……."

아무 말 없이 눈만 껌벅거리는 채 놀란 듯한 토끼 눈으로 영재를 바라보는 덕수.

"얌마, 누구 오기 전에 빨리 일어나! 아직 아무도 못 봤어."

영재는 덕수가 행여 누군가 그 모습을 보았을까 창피해서 일어나지 못하고 있는 줄로만 알고 그 모습이 우스워 그만 웃고 말았다.

이삼 초나 지났을까. 여전히 누워만 있는 덕수의 퀭한 눈동자가 갑자기 클로즈업이나 된 것 마냥 영재의 눈에 크게 들어왔다. 눈가에 촉촉한 듯 물기를 머금은 덕수의 눈동자는 무언가 겁에 질린 듯한 표정이었음을 영재는 그제야 알아채고 있었다. 재빨리 한 무릎을 꿇고 덕수의 상체를 일으켜 보는 영재.

"……형, 나 몸이 이상해……."

덕수의 목소리는 많이 떨고 있었다.

영재는 덕수의 몸이 차가워져 있음을 감지했다. 지게차를 타서 바람을 맞아 몸이 차가워진 것인지 아니면 뭔가 잘못되어 그런 것인지는 알 수 없었다. 하지만 분명 뭔가 이상함이 느껴졌다.

영재는 순간 식은땀이 흘렀다. 덕수의 얼굴빛은 점점 하얗게 변해갔고 얼굴 근육은 떨리고 있었다. 목이 타는 건지 겁에 질린 건지 입술 역시 점점 파랗게 물들어 가고 있음이 보였다.

"영재 형, 나 몸이 안 움직여. 나 왜 이러지?"

이상했다. 덕수의 몸을 안아 옆으로 넘어가 있는 지게차에 반쯤 기대어 앉혀 놓고 몸의 여기저기를 건드려 보았지만 덕수는 반응이 없었다. 그 순간 허망해 보이는 듯한 덕수의 하얀 얼굴에 눈물이 흐르기 시작했다.

영재는 힘없이 늘어져 있는 덕수의 상체를 꼭 감싸 안은 채 황급히 전화기를 찾았다. 순간 어디에 먼저 전화를 걸어야 할지 당황스러웠다. 그렇게 허둥대고 있는 찰나 멀리서 동료 지게차 사원들이 하나 둘씩 뛰어오고 있는 것이 느껴졌다.

"형, 무슨 일이예요?"

"덕수야, 괜찮아?"

영재는 헐레벌떡 물어오는 지게차 동료들의 걱정들을 무시한 채 재빨리 말을 끊고 소리쳤다.

"빨리 조장님께 전화해! 무전하지 말고 전화로 해. 반장님한테도 전화하고. 빨리!"

그 짧은 순간, 다른 지게차 사원들이 들으면 혼란스러워질까봐 무전으로는 사고 소식을 전하지 않는 것이 더 낫겠다고 영재는 판단했다.

아무런 말없이 눈물만 하염없이 흘리고 있는 덕수의 얼굴을 왼팔로 감싸 안은 채 다른 한 손으로 119에 도움을 요청하는 영재의 몸은 제법 싸늘한 겨울의 날씨임에도 이미 흠뻑 젖어 있었다. 짧은 머릿결은 더욱 쭈뼛하게 날 서 있는 느낌이었고 목에 뭔가 걸린 듯 목이 메어 목소리도 잘 나오지가 않았다.

"여기 빨리 좀 와 주세요. 여기가 어디냐면……."

영재는 119 구조대원의 수화기 넘어 목소리가 들리기 무섭게 긴급한 도움의 손길을 요청했다. 통화를 종료한 영재는 자신이 무슨 말을 했는지도 모를 정도였다. 이곳 물류센터의 사고 위치를 제대로 전달하고 전화를 끊었는지 기억조차 나질 않았다. 그저 머리가 하얘지고 눈앞이 노랗게 물들어가는 느낌이랄까.

바짝 놀라서 떨고 있는 덕수의 얼굴을 감싸 안고 진정시키며 다른 지게차 동료들에게는 덕수의 팔, 다리를 주무르게 했다. 아마도 너무나 깜짝 놀란 나머지 일시적으로 몸에 마비증상이 왔을 수도 있을 거라 생각했기 때문이었다. 아니, 어쩌면 영재는 그러기를 간절히 바랬는지도 모른다.

그러는 사이 지게차 조장이 사고 현장으로 달려왔고 뒤이어 입고 파트를 총괄하는 입고 반장도 모습을 드러냈다.

"무슨 일이야? 많이 다쳤어? 이거 누구 지게차야?"

아직 상황을 파악하지 못한 지게차 조장이 미간을 찌푸리며 퉁명스럽게 묻는다.

"야, 이거 119 불러야 하는 거 아니야?"

입고 반장이 119를 언급하자 지게차 조장은 성급히 말을 끊어버렸다.

"에이, 무슨 119를 불러? 일 하다 보면 지게차 엎어질 수도 있고 그런 거지. 덕수 너 어디 다친 데는 없지? 괜찮은 거지?"

재차 별일 없음을 강조하려는 듯 유난히 애쓰는 지게차 조장의 모습을 보고 있자니 영재는 화가 치밀어 올랐다. 물론, 아마도 지게차 조장은 외형적으로 멀쩡한 덕수의 모습을 보며 대수롭지 않게 생각했을 수도 있었을 것이다. 하지만 영재는 지게차 조장에 대한 평소의 안 좋았던 감정들이 조금씩 쌓여 있던 터라 그 말들이 곱게 들릴 리 없었다.

영재는 지금 자신이 품에 꼭 안고 있는 덕수에게서 강한 삶의 향기와 찐득한 동료애를 느낄 수 있었다. 30대 초반의 나이에 물류센터 지게차 사원으로 들어와 이제 막 결혼을 했다며 본인의 신혼 생활에 대해 깨알같이 자랑하던 해맑은 덕수였다. 잔업이나 특근이 있을 때면 돈 벌어야 한다며 한 번의 빠짐없이 모두 출근을 하던 생활력도 강한 녀석이었다. 일이 힘들다 조금 투덜대긴 했지만 관리자들의 지시도 잘 따르면서 제법 빠르게 적응해 가던 자신만만했던 녀석. 그 녀석이 지금 영재의 품 안에서 공포에 질려 있었다. 모든 지게차 동료들과 물류센터내의 다른 사원들에게도 싹싹하게 잘 했지만 같은 조로 편성되며 유난히 영재를 믿고 따랐던 덕수였다.

덕수의 멈추지 않는 눈물과 영재의 굳은 얼굴 표정에서 뒤늦게 뭔가 심각성을 인지한 지게차 조장은 그제야 걱정어린 관심을 보이며 휴대폰을 꺼내 들었다.

"이거 119 불러야겠는데."

"조장님, 이미 불렀어요. 전화 안 하셔도 돼요."

영재 뒤에서 누군가 얘길 건넸다.

"어, 그래."

그때 마침 머쓱해 하는 지게차 조장의 뒤편 멀리에서부터 사이렌 소리가 점점 가까워지고 있었다.

"덕수야, 119 온다. 이제 괜찮아. 쫌만 더 버티자. 괜찮을 거야. 숨 크게 쉬어봐."

떨리는 불안감과 공포감으로 가득했던 덕수의 눈동자 안에 실낱같은 작은 안도감이 피어오르는 것 같았다. 119라는 단어가 주는 그 자체의 심리적인 안도감 이었을까. 하지만 그 모습을 바로 옆에서 지켜보고 있자니 영재는 더욱 극심한 불안함이 느껴졌다.

잠시 뒤 신속한 119 대원들의 도움으로 멀어져 가는 사이렌 불빛을 바라보고 있자니 영재는 온 몸에 소름이 돋았다. 등을 타고 내려 흘러 두꺼운 옷 안에 머물러 있던 땀줄기들이 이제야 찬바람과 어울려 온 몸이 섬뜩하게 느껴졌다.

"어쩌지? 가족한테 연락을 해야 하나? 위에다가 먼저 보고를 해야겠지? 어떡한다…… 니들 덕수 처 전화번호 혹시 아니?"

입고 반장은 책임자로서 덕수와 함께 구급차에 올랐고, 남아서 갈팡질팡하며 어떻게 해야 할지를 모르는 무능한 관리자의 모습을 보고 있노라니 영재는 일하고 싶은 마음이 싹 가셨다.

그러나 어찌되었든 지게차 사원으로서 본인의 오늘 업무 할당량은 끝내 놓아야 할 것이었다. 예기치 못한 사고로 인해 그만큼 시간도 제법 지체되었다. 아쉽게도 물류센터의 바쁘게 돌아가는 수많은 레일들은 그들을 위해 시간을 멈추어 주지 않았다. 발걸음을 애써 재촉해 보지만 한 걸음 한 걸음이 천근같았다.

영재는 지게차 앞에 멈춰 섰다. 무서웠다. 늘상 타던 지게차였지만 난생 처음 느껴보는 지게차에 대한 공포였다. 지금까지 영재에게 지게차는 그냥 평범한 일상이었고 자동차를 타듯 생활의 일부로 인식되고 있었다. 지게차 사고에 있어서는 운이 좋았던 건지 회사에서 분기별로 안전교육을 받을 때 영상으로만 봐왔던 지게차 사고가 경험했던 전부였다. 그렇기에 10년이 넘게 물류 밥을 먹으며 지게차로 묘기를 부릴 만큼의 실력과 자신감이 있는 영재였지만 지금 이 순간처럼 지게차가 무서워 보인 적은 처음이었다.

좌식 지게차 안의 조그마한 공간이 마치 암흑 속 동굴같아 보이고 두려웠다. 쉽게 올라 타지지가 않았다. 일이고 뭐고 다 집어치우고 조퇴라도 하고 싶었다. 한편으론 동료이자 친한 동생인 덕수의 몸 상태가 미치도록 궁금하기도 했다. 하지만 영재가 조퇴를 하게 되면 그 만큼 일의 할당량이 다른 지게차 사원들에게 나눠져야만 했다. 오늘의 근무 인원은 한정되어있기 때문이었다. 영재는 동료들에게 피해를 주고 싶지 않아 이를 악 물었다.

평소 10㎞가 넘는 속도로 달려지는 좌식 지게차였지만 고작 5~6㎞의 속도에도 영재는 어질함을 느꼈다. 늘상 맡아왔던, 앉아있는 좌석 밑에서 스멀스멀 올라오는 오래된 배터리와 오일 냄새가 오늘따라 유난히도 역겹게 코끝을 자극했다. 멀미가 나는 것 같았다. 신선한 바람이라도 쐬며 잠시 머리를 식히고 싶었지만 그럴 만한 시간적인 여유가 없었다.

지게차를 타고 앞으로 나아가는 것이 커다랗고 시커먼, 끝이 보이지 않는 터널 속으로 빨려 들어가는 것만 같았다. 모든 게 암흑 같았다.

보이는 모든 것들이.

다음 날, 영재는 출근 전 덕수가 입원해있는 병원을 찾았다.

저녁 7시 출근과 동시에 업무를 시작하는 야간 조였던 영재는, 사실 사고 당일 새벽 4시 퇴근 후 친한 지게차 동료 몇 명과 함께 덕수를 찾아갔었다. 만약 덕수가 경미한 사고였다면 병원에 잠시 있다가 퇴근 전 복귀했겠지만 그렇지 않은 걸로 봐서는 상황이 심각해지고 있음을 인지했기 때문이었다. 그리고 영재는 그것이 함께 일하는 동료이자 친한 동생에 대한 예의라고 생각했다. 하지만 새벽 시간대라 간단한 검사만이 가능해 아침이 되어야 정밀 검사에 들어갈 수 있다는 말만을 들은 채 발걸음을 돌려야 했었다.

영재는 그날 도무지 잠이 오질 않았다. 처음 야간 일 생활을 할 때 저녁부터 새벽까지 일하고 날이 밝으면 암막커튼에 의지해 억지로 잠을 청해야 했던 숱한 그날들처럼 자는 내내 뒤척이기만 했다.

'제발 별 일이 없어야 할 텐데…….'

어렸을 적 엄마 손에 이끌려 동네의 작은 교회에 나가 기도했었던 심정으로 영재는 침대위에서 본인도 모르게 간절히 두 손을 모아 중얼거렸다.

'영재 형, 나 몸이 안 움직여. 나 왜 이러지?'

누워 천장만 바라보며 멍해있는 영재에게 공포와 불안 가득한 눈으로 자신을 뚫어지게 바라보던 덕수의 눈동자가 아른거렸다. 그리고 덕수가 내뱉었던 말이 자꾸 귀에 거슬리게 남아 맴돌았다.

'나 몸이 안 움직여, 나 몸이 안 움직여, 나 몸이…….'

눈을 감아도 눈을 뜨고 멍하니 있어 봐도 자꾸 덕수가 앞에 있는 것만 같고 옆에서 나지막이 읊조리고 있는 것만 같았다.

'아니야. 아닐 거야. 자꾸 이상한 생각하지 말자. 생각한 대로 된다고 했으니까 아무 일 없을 거라고 생각하자. 덕수 녀석. 그냥 몸이 좀 놀래서 그랬을 거야.'

긍정적으로 생각하며 주문을 외워보던 영재는 어떻게 잠이 든 건지도 모르게 한낮의 햇살을 맞이했다. 몸을 써서 일을 해야만 하는 직업이라 퇴근 후 집에 돌아오면 항상 곤한 단잠에 빠지곤 했었지만 어제 만큼은 긴 시간 잠을 잘 수도 없었거니와 생각 많던 얕은 잠에서 깨어나 그런지 몸이 영 개운하질 못했다.

병원에 도착한 영재는 덕수의 얼굴을 볼 수는 없었다. 평일 늦은 오후의 시간인데도 대학 병원엔 예약 환자와 대기 환자들이 왜 이리 많은지 그들과 어우러져 하루 종일 기다리며 이런 저런 정밀 검사를 진행하고 있는 탓에 영재는 덕수의 아내와 짧은 대화만을 가졌을 뿐이었다.

"지게차에서 떨어질 때 놀래서 일시적으로 마비증상이 왔을 수도 있다고 주변에서 말씀들은 해주시는데…… 지금까지도 오빠가 나아지는 기미가 안 보여서요. 제가 다리를 몰래 꼬집어 봤는데도 오빠가 모르더라고요."

눈물을 가득 머금었던 덕수 아내는 기어이 억지로 참아내는 것 같던 눈물을 쏟아냈다.

영재는 어찌해야할지 몰랐다. 마침 덕수 아내와는 일면

식도 없던 터라 그저 마치 죄인이 된 것 마냥 옆에서 침묵만 지키고 서 있을 뿐이었다.

"어떡해야 할지 모르겠어요."

"괜찮을 겁니다. 일단 검사 끝날 때까지 지켜보시고요. 저도 내일 다시 들르겠습니다. 아마 반장님이나 지게차 조장님도 또 오실 거 같으니까 기운내고 계세요. 결과는 나와 봐야 아는 거니까 너무 걱정하지 마시구요."

계속해서 눈물을 보이고 있는 덕수 아내와의 사이에서 뜻하지 않은 냉기가 흐르는 기분이었다. 영재는 도무지 뭐라 할 말이 생각나질 않았다.

"저기…… 뭐 좀 드셨어요?"

"……."

영재는 혼이 나가 있는 듯한 덕수 아내에게 간단한 목례만을 남긴 채 자리에서 물러나왔다. 병원 안의 공기도 답답해 숨을 제대로 쉴 수가 없었는데 바깥의 바람 부는 쌀쌀한 날씨에도 숨이 제대로 쉬어 지지 않는 기분이었다.

"지게차 사원님들, 금일 업무 3시 40분까지 모두 마치시고 일층 데스크 앞으로 모여주시기 바랍니다. 한 명도 빠짐없이 모여주세요."

지게차 조장의 무전이 들렸다. 두 번째 휴식시간이 끝나고 업무에 복귀하자마자였다. 하루의 일과를 마치는 시점에서 지게차 사원들 전원에게 모이라고 무전을 하는 일은 극히 드물었다. 퇴근 시간인 새벽 4시가 가까워지면 모두들 육체적으로 힘들어 했기 때문에 정말 긴급한 전달 사항이 있지 않고서야 자제해오던 일이었기 때문이다.

"쎈개가 왜 또 저러지?"

"피곤해 죽겠는데 왜 모이래?"

"아, 씨. 무전기 꺼 놓을걸."

벌써 여기저기서 지게차 사원들의 불평불만이 터져 나온다.

"덕수 얘기 아닐까? 야, 뭐라 하지 말고 그냥 얼른 일 끝내고 모여보자."

"하아……."

영재는 순간 반사적으로 한숨이 나왔다. 바쁜 업무에 치여 잠시라도 잊고 있었는데 지게차 조장의 무전으로 인해 다시금 갑자기 깊은 갈증이 생기는 기분이었다.

평소보다 조금 이른 마감을 친 지게차 사원들은 매일 업무 시작 전 조회할 때와 같은 대형으로 지게차 조장을 중심으로 둥글게 원을 그리고 모였다. 새벽 4시가 가까워진 시간, 퇴근 전 동료들의 얼굴 표정에선 지친 기색이 역력하게 느껴졌다.

"다 모였나? 안 온 사람 없지?"

두리번거리며 한 명 한 명 인원수를 세던 지게차 조장은 팔짱을 낀 채 잠시 바닥을 응시하다가 무겁게 말을 꺼냈다.

"……니들도 알지? 어제 사고 난 거. 결론적으로 말하면…… 덕수가 앞으로 우리랑 같이 일을 못할 거 같다. 아까 병원에서 결과가 나왔는데…… 음…… 몸이, 전신이 마비가 됐대. 일시적인 게 아니고 아마 평생을…… 몸을 못 움직일 거 같아. 좀 충격적이다. 그치? 그러니까, 우린 같이 일하던 동료니까, 다들 시간 내서 병원에 한 번씩 가보도록 하고. 또 우리가 위로를 할 수 있는 방법을 좀 생각해 보자. 좋은 의견 있으면 나한테 언제든지 개인적으로 얘기하고. 나도 생각해 볼 테니까. 암튼, 그렇게 알고. 이 얘기하려고 오늘 조금 일찍 마감하고 모이라고 한 거니까. 어디 보자…… 이제 한 십 분 정도 있으면 퇴근 시간이니까 여기 다 같이 모여 있다가 퇴근들 해. 다른 층은 지금 일하고 있는 사람들도 있을지 모르니까 어디 돌아다니지 말고. 알겠지? 오늘 고생들 했고. 다들 안전사고 각별히 유의해서 더 이상 다치는 사람 없도록 잘 하자고."

지게차 조장이 말을 이어가는 동안 모두가 이보다 더 집중해서 조회를 들은 적이 없었던 것 같다. 숨 쉬는 소리조차 들리지 않았고 고요했다. 몸과 얼굴은 피곤한 기색이었으나 눈동자만큼은 다들 반짝이고 있었다.

"아, 맞다. 그리고 영재는 내일 출근하자마자 2층 본사 관리자들 사무실로 가봐라. 사고 나는 날 같이 일층에서 일했었고 제일 먼저 사고 현장 발견한 사람이 너라고 하더라. 아마 걔네들이 CCTV 돌려본 모양이야. 뭐 책임을 지게 한다거나 그런 건 아니니까 내일 잠깐 사무실 들렀다가 업무 복귀하고. 걱정하지 마. 그냥 그날 있었던 일 본 그대로 애기해주고 오면 돼. 형식적인 거야. 그리고 업무 복귀해서 나한테 전화 한 번 주고."

"네……."

평소에도 말수가 많지는 않았던 영재였지만 짧은 한마디의 대답조차 하기 버거웠다. 그나마 나오지 않는 목소리를 아랫배에 힘을 꽉 주고 간신히 끌어낸 한마디였다.

순간 영재는 둥글게 원을 그리고 서 있는 모든 지게차 동료들의 시선을 한 몸에 받았다. 그리고 그 시선들을 견뎌내야 했다. 영재는 마치 자신에게 책임이 있는 것만 같았다. 그렇게 생각하면 안 됐지만 자꾸 덕수의 사수로서 부사수를 잘 챙기질 못해 일어난 비극인 것만 같이 느껴졌다.

다들 돌아서 뿔뿔이 흩어지는데 영재는 그 자리에 그대로 서 있었다. 몸이 얼어붙은 것만 같았다. 그렇게 발이 떨어지질 않았다. 손가락 하나 겨우 움직일 힘도 없게 느껴졌다.

"가자, 영재야."

마지못한 친한 형들에 이끌려서야 간신히 발걸음을 떼었다.

주차장까지 향하는 발걸음은 더더욱 천근같았다. 온 몸에 맥이 풀리고 숨 쉬고 있는 이 공간이 아득하게만 느껴졌다.

삼삼오오 서로 친한 동료들끼리 무리지어 퇴근하고 있는 물류센터 사원들의 모습을 보고 있노라니 영재는 덕수가 더욱 생각났다. 병원에 누워있지 않았더라면 지금쯤 영재와 같은 무리에 섞여 서로 농담 따먹기에 취해 함께 웃고 있었을 터였다.

'나한테 책임을 떠넘기면 어떡하지? 회사에서 내 잘못으로 몰아가면…… 아…… 내 잘못이긴 한 건가?'

영재는 이 와중에도 이기적인 생각이 앞섰다. 어쩌면 당연히 한 번쯤은 해볼 만한 생각일 수도 있었으나 이 시점에 덕수에게 그렇게 생각해야 한다는 사실이 너무나 미안하고 또 부끄럽게 느껴졌다. 지금은 누구의 잘잘못을 가리고 책임을 묻기보단 직장 동료로서 또 친한 형으로서 그저 덕수의 앞날을 걱정해 주어야 맞는 상황인 것 같았다. 영재는 자신이 너무나 한심스러웠다. 부끄러움에 화끈거리는 얼굴을 간신히 들고 주차장에 도착했다.

"영재, 괜찮냐?"

아무 말도 없이 걸어온 영재가 신경 쓰였는지 친한 지게차 동료 형들이 조심스레 말을 건넨다.

"아니, 이 새끼들은 카메라까지 돌려봤으면 지들이 알아서 하면 되지 뭔 사람을 오라 가라한대냐? 영재가 지게차로 받은 것도 아니고 각자 일하다 그런 건데 왜 오라는 거야? 인제야, 안 그러냐?"

"그러게요. 근데 센개 말대로 그냥 형식적인 차원인 거 같은데요, 뭐. 그냥 갔다 오면 될 거 같은데, 그보다 덕수는…… 아…… 이 새끼 괜찮은 놈이었는데."

주차장에 차가운 기운이 감돌았다. 잠시 동안 모두 말들이 없었다. 모두가 말을 아끼는 것 같았다. 영재가 걱정하고 의기소침해 질까 친한 지게차 동료들이 한 마디씩 거들어 주긴 했으나 문제는 역시 덕수의 현재 상황이 우선이었다.

"덕수는 지금 충격이 클 테니까, 일단 기회 봐서 며칠 뒤에 다 같이 한번 가보자."

"그게 좋을 거 같네요. 형님, 일단 오늘은 빨리 들어가시죠. 피곤하네. 영재는 내일 출근해서 사무실 한 번 들러보고. 혹시 무슨 일 있으면 형한테 바로 얘기해라. 알았지?"

툭 하고 가볍게 어깨를 다독이는 인제의 손에 영재는 머릿속 뇌가 떨릴 만큼의 충격을 받는 것만 같았다. 영재는 여전히 어질함을 느꼈다.

"운전들 조심히 하시고요. 영재야, 내일 보자."

"네, 들어가세요."

인제가 먼저 차를 몰아 영재 앞으로 지나갔다.

인제는 회사에서 노조 부위원장으로 활동하고 있었다. 정의롭고 곧은 신념이 있었으며 무엇보다 위·아래 동료들을 살뜰히 챙기는 의리가 있어 물류센터 사원들 사이에서 인기가 좋았다. 영재는 친한 형으로서 그런 인제가 있어 든든했지만 덕수 생각만 하면 여전히 마음이 갑갑했다.

물류센터는 평온했다.

한 사람의 인생이 바뀌는 엄청난 사고를 겪었지만 일상의 작업들은 평상시와 똑같이 순조롭게 돌아갔다. 덕수가 빠진 자리는 바로 새로 온 신입 지게차 사원으로 대체되었고, 단지 지게차 사원들을 위한 회사 내 안전 교육만이 강화되었을 뿐이었다.

우선 전 지게차 사원들은 업무 시작과 동시에 안전모와 안전화 착용이 강제적으로 적용되었다. 사실 안전모·안전화의 착용은 오래전부터 늘 논란의 중심에 있었다. 현행 안전에 관한 근로기준법상 반드시 지켜야 할 의무 사항 중 하나였지만 사원들의 편의성과 업무의 능률성을 이유로 생략이 된 채 작업을 계속 해 오고 있던 것이었다. 한 달에 한 번 안전 근로 감독관이 현장 시찰을 나올 때에만 눈속임으로 잠깐씩 착용하고 평상시엔 사실 어디에 두었는지도 모를 정도로 신경조차 안 쓰던 물건들이 안전모·안전화였던 것이다. 안전화야 워낙 돌덩이 같은 신발이니 신으면 누구라도 발이 아파서 움직임에 둔하다는 이유였고, 안전모는 착용하면 머리가 눌려 답답하다느니 헤어스타일이 망가진다느니 시야를 가린다느니 더워서 집중이 안 된다느니 등등의 온갖 불평불만들이 꾸준히 제기되었기 때문이었다.

덕수 때문에 이젠 추우나 더우나 안전모와 안전화를 착용하게 되었다고 근무 중 불만 섞인 푸념을 내비치는 지게차 사원들도 더러 있었다. 그리고 그럴 때 마다 항상 그런 불만들을 잠재우는 사람은 입고 반장, 지게차 조장도 아닌 노조 부위원장 인제였다.

완장을 차고 있는 현장 관리자들은 행여나 본인들의 언행이 사원들에게 책잡혀 본사 관리자들에게 보고돼 혹시라도 본인들의 인사 고과에 반영될까 두려워 사원들 눈치

나 보며 싫은 소리는 전혀 하지 못하는 사람들이었다. 자기네들끼리 뒤에서 사원들을 향한 비방 가득한 소설은 잘도 써내려가지만 말이다.

"비겁한 새끼들!"

"아니, 안전모·안전화 얘기를 관리자들이 해 줘야지, 인제 형이 얘기하고 다니다가 사원들끼리 싸움나면 어쩌려고 그러죠?"

"또 모르는 척 은근 슬쩍 넘어가겠지, 뭐. 지들은 들은 거 없다고."

"인제 형, 아니 근데 이거 솔직히 뉴스 일면에 나올만한 사건 아니에요? 사람이 전신 마비가 돼서 평생 누워있어야 되는데? 무슨 보상 얘기 같은 거 나온 건 없어요? 혹시 뭐 들은 거 있으세요?"

"글쎄다. 언제 뭐 우리한테까지 얘기해 준 적 있었냐? 맨날 지들 윗대가리들끼리 알아서 하는 거, 뭐. 근데 어느 정도 적법하게 보상만 이뤄지면 노조에서도 움직일 사안은 아니라고 하는 것 같더라."

"야, 노조라고 눈치 안 보겠냐?"

인제가 노조 부위원장 직을 맡고 있는 걸 알면서도 옆에서 이들의 대화를 듣고 있던 다른 지게차 사원이 눈치 없이 한 마디 거들었다.

"……."

인제는 말없이 작은 한숨을 내쉰 뒤 지게차를 타고 사라졌다.

신 회장의 능력은 그야말로 대단 그 이상이었다. 신 회장이 관리하는 그룹 산하 이커머스 기업은 최근 치킨 게임이 시작된 이래 이미 포화된 전자 상거래 시장에서 늦은 후발 주자임에도 불구하고 경쟁이 치열한 거대 경쟁사들을 따돌리며 압도적으로 시장 선점을 해 나가고 있었다. 그리고 그곳을 담당하는 물류센터에서 지게차 사원의 전신이 마비되는 사고가 일어났음에도 뉴스의 단신에서조차 언론에선 보도되질 않았다. TV는 고사하고 그 어떤 미디어에서 조차 다뤄지질 않았으니 참 기가 막힐 노릇이었다.

예전 급하게 물류센터가 막 준공되어 지게차 사원을 구하기 힘들었던 초창기 시절. 지게차 자격증이 없는 사람이 지게차를 몰다 사람을 치어 생명을 잃게 하는 인사 사고가 난 적이 있었다. 당시 부근 다른 단지의 물류센터들에까지 소문이 났었지만 역시 언론 기사는 한 줄 찾아보기 어려웠었다.

지금은 이미 한참을 커버려 소위 무소불위의 권력을 휘두르는 신 회장에게 언론 통제란 그저 무난한 비즈니스의 한 영역일 뿐이었다. 그것은 중국을 위시한 거대 해외 자본의 위력뿐만이 아닌, 신 회장 개인의 철저한 방어력 덕분에 가능한 일이었을 것이다.

덕수의 지게차 사고 후 입고 반장과 입고 조장들 그리고 지게차 조장 같은 입고 파트의 현장 관리자들은 회사 차원의 또는 개인적인 징계를 받았는지 한동안 말없이 얼굴엔 죽상을 쓰고 다니는 듯했다. 하지만 이내 그러했듯 오래 가지 못하고 며칠 뒤엔 다시 얼굴에 웃음기가 돌아 사원들에게 시답잖은 농담을 건네며 다니는 모습을 보였다.

결국 사고로 만신창이가 된 덕수만 불쌍한 형국이었다.

덕수는 동료 지게차 형·동생들이 병문안 오는 것이 싫었다. 몸이 불구가 된 마당에 만사가 귀찮았고 삶의 의욕조차 나질 않았다. 당연했다. 혼자서는 아무 것도 할 수가 없었다. 사고의 심리적인 충격 탓인지 맥박도 불안정해 숨쉬는 것마저 당분간 호흡기에 의존해야 하는 지경이었다. 참담했다. 모든 것이 어두웠고 미래는 사라졌다.

이 넓은 세상에서, 왜 하필 자신에게 이런 일이 생긴 건지 하늘이 원망스러웠다. 곁에서 핏기 없는 얼굴로 매일을 눈물로 살고 있는 아내조차 귀찮고 짜증이 났다. 그러나 이미 부부의 연으로 맺어진, 사랑하는 아내마저 없었다면 어떠했을까. 아내마저 없었더라면.

덕수는 어린 시절 보육원에서 자랐다. 언제부터였는지 또 부모님은 어떤 모습이었는지 어렴풋이 기억이 날만도 했지만 덕수는 애써 기억해내려고 하진 않았다. 알고 싶지 않은 기억이었다.

보육원을 나와 오랜 시간 방황을 했지만 곧 덕수의 소식을 접한 보육원 원장님의 소개로 작은 공장엘 들어가 경리를 보고 있던 지금의 아내를 만났다. 어릴 적, 사고로 부모님을 여의고 먼 친척 집에서 눈칫밥을 먹고 있었던 아내와 동거를 시작하고 또 결혼까지 할 수 있었던 것은 서로가 처한 입장을 이해하고 지독한 외로움의 굴레에서 하루빨리 벗어나려 했음이었다. 덕수가 의지할 곳은 당시 곁의 아내밖에 없었고 아내 역시 덕수가 없는 삶은 생각해 보지도 않던 나날이었다.

덕수는 현재 자신의 곁을 지키고 있는 아내가 너무나 고맙고 감사했다. 그러나 한편으론 앞으로 이어질 나날들을 생각하니 너무나 불안했고 또 죽을 만큼 미안하기도 했다.

몸은 움직일 수 없었지만 덕수의 생각은 항시 몸을 지배했다. 매일 밤 잠이 들 때면 사고의 악몽에 시달려야 했고 깨어 있을 땐 누워서 잡생각들로 반복되는 하루하루의 연속이었다. 머릿속이 뜨거웠고 터질 것만 같았다. 몸이라도 뒤척일 수 있다면 그나마 머리가 개운해 질 것 같았지만 평소라면 쉽게 가능했을 옆으로 돌아눕기조차 맘대로 할 수 없었다. 모든 것을 아내에게 부탁해야만 했다. 그러나 말하는 것조차 버겁고 힘들어 입만 꾹 다물고 심술이 난 채로 하루하루를 버텨냈다.

"민주야, 나 언제 퇴원한대? 답답해 죽겠어."

"엊그제 오빠 잠들었을 때 본사 본부장님인가 와서 명함 주고 가셨어. 다시 오신다고 했는데 모르겠네. 병원에서는 일단 더 안정될 때까지 치료 좀 받아야 한다고 하던데……."

"……."

한참을 말이 없던 덕수는 목이 메이듯 어렵게 다시 말을 꺼냈다.

"……민주야."

"응?"

"오빠 밉지?"

"아이, 참…… 왜 또 그래…… 밉긴 왜 미워? 오빠가 뭘 잘못했다고?"

아무렇지 않은 듯 말은 했지만 덕수 아내의 눈 주변은 벌써 발갛게 달아올라 금방이라도 눈물을 쏟아낼 것만 같아보였다.

"민주야, 오빠 버리지 않을 거지? 오빠가 너무 미안한데…… 난 너 없으면 안 돼…… 나 버리지 말아줘…… 미안해…….”

숨을 참아가며 천천히 그리고 간신히 애써 말을 이어나간 덕수는 주책없이 샘솟는 눈물에 눈동자가 가려져 주변의 모든 사물이 흐릿하게 보이기 시작했다. 혹여 눈앞의 아내가 보이지 않게 될까 연신 눈을 깜박이며 눈물을 치워내봤지만 덕수에겐 그마저도 힘겨웠고 모든 건 제자리였다.

덕수 아내는 그런 덕수의 모습이 애처롭고 안타까워 그저 눈물을 닦아주며 말없이 고개만 끄덕인 채 덕수의 눈동자를 바라보고 또 바라보고 있는 수밖에 없었다.

“…….”

그렇게 덕수 아내는 덕수를 향해 눈물로 사랑한다 말하고 있었다.

물류센터

서울과 맞닿은 수도권. 그 언저리에 자리 잡고 있는 국내 유명 이커머스 기업의 산하 물류센터. 영재가 일하고 있는 곳이다. 이곳은 교통이 편리한 요지에 위치해 있어 서울을 비롯한 수도권 근방에서 일하고 싶어 하는 노동자들의 수급도 원활했다.

흔히 일용직이라 불리는 단기 아르바이트생들의 역할 비중이 큰 물류센터의 특성상 사람을 모집하기 좋은 위치를 선점하는 것도 교통에 이어 중요한 요소로 작용했다. 수도권이나 지방 어중간한 위치에 있는 물류센터에서 인력 수급에 어려움을 겪는 경우가 비일비재하다보니 좋은 위치를 선점해 노동자들을 쉽게 끌어들이는 것도 물류센터 입지조건의 필수 요소가 되어 버린 지 오래였던 것이다.

신 회장은 이곳을 기반으로 다른 수도권 지역과 지방 곳곳에도 대형 물류센터를 증축할 계획을 세워 지역 일자리

창출과 빠른 배송 시스템이라는 획기적인 물류 시스템으로 각종 언론과 대중의 찬사를 받고 있었다. 특히 배송의 하루 생활권이라는 소비자의 편리성을 이루어내 업계 내에선 신화적인 존재로 부상하고 있었다.

대기업을 포함한 여러 기업들이 얽히고설켜 이미 포화되어 버린 이커머스 시장에서 살아남기 위해 신 회장은 이에 만족하지 않았다. 더 빠른 배송을 위해 각 지역의 허브 터미널을 증설시키고 단일 품목 대량 판매를 위해 지역 생산 공장들과 연계한 벤더 시스템을 구축하는 등 물류 효율성 극대화에 초점을 둔 노력과 연구에 전략적인 지원과 투자를 아끼지 않고 있었던 것이다.

물론 불가능하게만 보였던 이 모든 것들을 가능하게 할 수 있었던 원동력은 바로 다름 아닌 신 회장만의 독창적이고 공격적인 사업 성향과 수단이었다. 그 만의 시각으로 멀리 보는 큰 그림을 그려내어 거대 외국 자본의 투자를 이끌어내었고 심지어 대기업에서도 러브콜을 받을 만큼의 뛰어난 인맥과 사업 수완을 자랑했다.

이쯤 되면 신 회장이 과거 무엇으로 돈을 벌었는지 혹은 어떠한 사람인지에 대한 진실은 별로 중요하지 않았다. 모든 것은 통제되고 잘 정리되었으며 그의 돈을 믿고 따르는 잘 훈련되어진 충직한 심복들은 누가 말하지 않아도 앞다

뤄 알아서 그를 보호하고 보듬으려 나섰다. 오색의 찬란한 포장지로 인해 잘 포장되어지고 또 다듬어지고 있던 것이었다.

사람들은 그것을 돈의 권력이라 불렀다. 능력이라는 허울로 잘 포장되어진 돈의 권력.

영재가 근무하는 대형 물류센터는 외관상으로 10층 이상의 높이였지만 승객, 화물용 엘리베이터엔 5층 버튼까지만이 있었다. 물류센터의 특성상 3단, 4단 때로는 5단 이상으로 된 높은 구조물의 파렛트 중량 랙을 설치해야 하기에 건물 두 개 층의 높이를 한 층으로 사용하는 건물들이 대다수이기 때문이었다. 그리고 각각의 층은 경우에 따라 중이층으로 나누어 따로 계단을 만들고 쪼개어 사용하기도 했다. 천장이 높은 공간을 효율적으로 사용하기 위함이었다.

“내일 사장 온다고 지금 출고 쪽 사람들은 전부 대청소 한다는데?”

“그래요?”

“사장? 여기 대표? 신주안 대표 말이지?”

“그 사람 이름이 신주안이에요?”

“인터넷에 치면 나오잖아. 야, 씨. 그래도 너 월급 주는 사람인데 이름 정도는 알아야 하는 거 아니냐?"

"야야, 이름 알아 뭐하냐. 어차피 하루 벌어 하루 먹고 사는 사람들이. 꼴랑 그깟 최저 시급 주면서 일은 겁나 부려먹는데. 생각해 보니 또 짜증나네."

"나도 아까 잠깐 봤는데 빗자루에 걸레질에 먼지 때문에 난리도 아니 더만. 걸레 쪼가리 하나씩 던져주고 중이층에 있는 경량 랙까지 다 닦으라고 했대. 근데 오늘 물량 별로 없다고 입고 쪽도 청소할 거 같다고 하든데."

"아니 우리가 무슨 청소 용역도 아니고 뭔 청소를 맨날 사원들을 시키냐. 차라리 청소는 알바들 시키고 사원들은 재고라도 맞추게 하든가. 저기 알바들 많잖아. 안 그래도 오늘 일 없어서 다들 빈둥거리는 거 같던데. 지금 랙 보면 진짜 재고 개판인 거 엄청 많아. 중량 랙이든 경량 랙이든 할 거 없이."

"야, 여기 하루 이틀이냐? 재고 맞추라고 시키면 너 제대로 할 거야?"

"……안 하지. 미쳤어? 내가 왜 열심히 해. 내꺼도 아닌데. 최저 시급 받는데 대충 시간 때우다 가면 되는 거지."

"인마들아. 그러지 말고 할 건 좀 해라, 해."

"걱정하지 마. 돈 받는 만큼은 하니깐."

"그래 맞다. 우린 딱 돈 주는 만큼만 하면 된다. 일 잘한다고 좋은 소리 듣는 것도 아닌데 그럴 필요 없지. 니 말이 맞다."

오고 가는 지게차 사원들이 모여 잠깐의 짬을 내 대화를 나눈다. 평소대로라면 이렇게 잠깐 모여 서 있을 시간조차 없이 분주했지만 오늘은 웬일인지 여유가 있다.

"아니 근데 이놈의 재고는 입고 들어와 바로 올려서 적재하는데 왜 맨날 틀어지는 거야?"

"주간 애들이 맨날 틀리는 거겠지, 뭐. 아님 누가 가져가나?"

"야, 주간 애들은 우리보고 맨날 틀리는 거라고 할 걸?"

"주간은 야간보고 뭐라 하고, 야간은 주간보고 뭐라 하고. 맨날 서로 물어뜯고 싸워대니 일이 잘 돌아가겠어?"

"인제 형, 누가 물건 가져가나 봐. 아니 맨날 없어져."

"하아……."

농담 섞어 던진 질문에 인제는 한숨으로 대신하며 대답을 회피했다.

"야, 대청소 해봐야 맨날 헛지랄 하는 거고. 어차피 대표는 여기 안 와. 해마다 높은 사람들 온다고 해서 대청소 했었는데 다음 날 항상 안 왔잖아. 대청소 이거 그냥 분기별로 해왔던 연중행사니깐 이따 혹시 청소 시키면 그냥 대충 하는 척만 하면 돼. 그리고 관리자들 보면 또 뭐라 하니까 여기 이렇게 모여 있지 말고 흩어져 있어. 좀 움직이면서."

벌써 웃고 떠들며 한 곳에서 수다 꽃을 피운지 10분이 훌쩍 지나갔다. 본사에서 파견되어 사무실에 앉아있는 본사 관리자들은 가끔 곳곳에 설치되어 있는 카메라들을 돌려보곤 했다. 그리고 그 사실을 잘 알고 있던 인제가 듣다 못해 나서고 나서야 지게차 사원들은 뿔뿔이 흩어졌다.

일부 지게차 사원들이 삼삼오오 모여 농땡이를 치고 있는 시간에 누군가 저 멀리서 바삐 움직이고 있는 것이 인제의 눈에 들어왔다. 제시였다. 이곳 물류센터에서 불리는 유일한 영어 이름이자 유일한 여자 지게차 사원이었다. 그리고 먼발치에서 그 모습을 지켜보고 있는 진수의 모습도 함께 눈에 들어온다.

"참…… 사는 게 뭔지."

인제는 혼자 중얼거리며 지게차를 서서히 움직였다. 무심코 툭 튀어나온 말이었지만 많은 것들이 함축되어 응어리진 중얼거림이었다.

다음 날 저녁 시간이 되자 물류센터는 어쩐지 분주해보였다.

우선, 물류센터 측면에 위치한 주차장에는 건물의 중앙

출입구에서 가장 가까운 곳에 VIP 전용 주차 라인이 갑자기 만들어졌다. 어제는 안 보이던 주차 라인들은 급하게 임시로 부랴부랴 만들어진 것이 확연히 보일만큼 엉성했다. 특히 VIP 주차 라인은 색이 다른 페인트로 대충 칠해졌으며 간이 표지판으로 다른 차량들의 주차를 막고 있었다. 그것이 장애인 전용 주차 구역의 일부를 떼어내 만들어진 것임을 확인한 영재는 출근길 눈살이 찌푸려졌다.

'아니, 얼마나 대단한 분들이 오시기에 이렇게까지 하는 거지?'

출석 체크를 하기 위해 2층으로 올라 가보니 제법 많은 수의 양복을 걸친 무리들이 서성이며 서로 무언가 의견을 주고받고 있었다. 그리고 평상시엔 보지 못했던 여러 가지 자재들이 여기 저기 널브러져 있어 시야를 어지럽히고 있었다.

'또 무슨 시설 확충하려나 보네. 그렇잖아도 좁아죽겠는데 또 뭘 만들려나.'

오늘은 2층에서 지게차 업무를 진행해야하는 영재는 온갖 자재들로 인해 더 좁아진 작업장에서 금일 업무의 수월함을 위해 지게차 동선을 대략 머릿속에 담아 조회가 있는 5층으로 올라갔다.

지게차 조장은 업무 시작 전 벌써 조금은 들떠 상기된

얼굴 표정이었다.

“다들 왔지? 출근 하면서 본 사람도 있겠지만 오늘 본사에서 높으신 분들이 오셨으니까 혹시라도 딴 짓하다 걸리지 않게 조심 하자. 그리고 오늘은 조금 불편하더라도 업무 시작하고 한 세 네 시간 정도는 안전모랑 안전화 그리고 조끼 꼭 착용해야 된다. 윗사람들이 돌아다니다가 우리 업무하는 거 지켜볼 수도 있어서 그런 거니까 다들 눈치껏 행동하고. 뭐 그럴 일 있겠냐고 반문하는 사람도 있을 수 있겠지만 그래도 위에서 하라고 지시가 내려왔으니까 잘 따라서 하자고. 그리고 그 사람들 가면 내가 무전으로 신호 줄 테니깐 그때부턴 뭐 니들 편한 데로 요령껏 안전모, 안전화 벗고 일해도 된다. 다들 이해했지?”

무슨, 또 누구의 눈치를 그리 보는 건지 지게차 조장은 조회하는 내내 전달 사항을 얘기해 주며 뭔가 불안한 듯 경직되어 주변을 두리번거리고 있었다. 누구도 신경을 쓰지 않는 분위기에서 본인 혼자 노심초사 안달이 난 듯 보였다. 마치 윗사람들에게 잘 보이고 싶으나 아무도 불러주지 않고 누구도 알아주지 않는 사람처럼 말이다.

“그리고 또 할 말이 하나 있었는데…….”

여전히 상기된 얼굴로 다시 두리번거리며 인상을 한참이나 찌푸리던 지게차 조장은 이제야 생각이 났다는 듯 맨

끝 벽 쪽 라인에 설치되어 있는 FT봇1을 손가락으로 가리키며 말을 이어갔다.

"그리고 아마 저 깡통 보려고 사람들 올라오기 쉬울 거야. 저게 뭐래더라…… 무슨 국가 시범 로봇으로 지정이 됐다나 뭐라나. 자세한 건 내가 정확히 알아서 다시 설명해 줄게. 오늘 시간이 없어서 나도 사무실에서 대충 듣고 왔다. 암튼 그래서 오늘부터 본사 임원들서부터 뭐 이런 저런 사람들 수시로 와서 견학 한다니깐 우리는 그냥 신경 쓰지 말고 우리가 맡은 일만 꾸준하게 하면 될 거 같다. 그냥 평상시처럼만 하되 조금만 눈치껏 행동하자고. 무슨 소린지 알지? 다들 파이팅 하고."

정말 그날은 늦은 밤 시간인데도 불구하고 평소엔 볼 수 없던 양복 입은 무리들이 5층으로 올라와 FT봇1에 대해 한참을 이리저리 들여다보고 돌아갔다. 그들은 FT봇1을 직접 가동시켜 보진 않았지만 이것저것 문제점들을 파악하고 지적한 뒤에 돌아가는 것 같았다.

역시나 신 회장의 모습은 보이지 않았다.

물류센터 2층, 본사 관리자들이 근무하는 사무실 근처 작업 현장.

제법 늦은 시간임에도 불구하고 인부들이 무슨 출입구

로 보이는 듯한 문 같은 것을 만드느라 한창 정신이 없어 보였다. 영재는 아무리 살펴보고 생각해 봐도 왜 그곳에 출입구를 만드는지 이유를 알 수가 없었다. 지금 인부들이 분주히 움직이고 있는 자리는 어제만 해도 조용히 방해 받지 않고 일만 할 수 있었던 공간이었다.

메자닌(mezzanine)이라 불리는 중이층으로는 연신 자재들이 올라갔고 밤늦은 시간임에도 공사는 계속되고 있었다. 영재는 금일 맡아서 처리해야하는 지게차 업무도 가뜩이나 많은데 작업 인부들이 지게차로 중이층에 올려달라고 부탁하는 자재의 양이 상당해 짜증이 스멀스멀 올라오기 시작했다.

더욱이, 각 층으로 연결되어 있는 거대한 컨베이어 벨트들 돌아가는 소리와 여러 잡소리들이 맞물리고 거기에 공사하는 소음까지 더해져 귀로 전달되는 소리 데시벨의 양도 상당했다. 공사하는 주변으로 가까이 가기라도 하면 머리까지 울려 두통이 올 지경이었다.

소음이 이 정도인데 업무에 집중이 될 리가 없었다. 계속되는 소음으로 인해 무전도 잘 들리지 않아 응답해야 할 타이밍을 몇 번 놓쳤는지 얼마 시간이 지나지 않아 인제가 찾아 왔다.

"영재야, 무전 안 들리냐? 애들이 무전 몇 번 했는데 대답이 없어서 뭔 일 있나 싶어 내려와 봤다."

"저 찾는 무전 왔었어요? 못 들었는데…… 근데 여기 지금 시끄러워서 무전 하나도 안 들려요."

"그러겠네. 여기 더럽게 시끄럽네, 이거……."

소음이 발생하는 쪽을 바라보며 미간을 찌푸리던 인제는 이내 영재가 궁금해 하던 출입문 모양의 공사 현장을 턱으로 가리키며 말을 이어나갔다.

"너 저거 뭔 줄 아냐?"

"아니요. 저도 저거 되게 궁금했어요. 근데 뭐 만들고 있는 건질 도저히 모르겠네요. 무슨 문 같긴 한데. 창고 같은 거 만들라 그러나?"

"야, 놀라지 마라. 저게 엘베 만드는 거란다."

"네? 엘베요? 엘리베이터요? 어디 올라가는 엘리베이터요?"

"중이층 가는 거."

"중이층이요? 아니 저기 무슨 엘리베이터가 필요해요? 중이층까지 몇 발자국 된다고."

"그러니까 말이다. 저기 중이층 물건들 며칠 전서부터 우리 입고 사원들 시켜서 싹 다 재고 이동 시켰었잖아. 경량 랙들도 다 들어내고. 거기다 지금 사무실 새로 하나 만든다는데 앞으로 거기서 무슨 화상 회의 같은 거 진행한다고 하네. 원격으로 하는 거. 무슨 글로벌 프로젝트라는데, 나도 뭔지는 잘 모르겠는데, 암튼 우리 5층에 있는 깡통 로봇에서 더 발전시킨 무슨 로봇 프로젝트란다. 그래서 대기업 회장이랑 외국 투자자들 왔을 때 대접해야 된다고 엘베 설치한단다. 참, 나."

"헐……."

영재는 할 말을 잃어 인제와 마주 보고 한참을 웃었다. 좀처럼 웃을 일 없는 이곳 물류센터에서 나오는 어이없는 헛웃음이었다.

"우리가 모르는 세상이 아직 많이 있어, 그치? 아무튼 무전 잘 듣고. 시끄러워도 뭐 어쩌겠냐. 오늘만 고생해라."

"네. 무전기 항상 신경 쓰고 듣고 있을게요. 형님도 고생하세요."

인제가 노조 부위원장으로 일하고 있어 물류센터 내의 모든 정보는 늘 인제에게서 나왔다. 궁금한 것들을 굳이 관리자들에게 물어보지 않아도 인제는 언제나 그랬듯 항상 가려운 부분들을 먼저 긁어주었다. 때로는 심지어 관리자들보다도 한 발 앞서 중요 정보를 알 수 있게 되는 경우들도 많았다.

인제가 돌아간 뒤 영재는 다시 한 번 유심히 인부들의 작업하는 모습을 지켜봤다. 한참을 그렇게 지켜보고 있노라니 마침내 그 골격이 엘리베이터의 구조를 나타내는 형상으로 눈에 들어오자 영재는 갑자기 우스운 생각이 들었다. 아니 그 보다, 저 높지도 않은 공간에 엘리베이터를 설치할 수 있다는 그 사실 자체가 더 놀랍고 희한한 사실로 다가왔다.

'여기에 엘리베이터를 만들 거라고 누가 감히 생각이나 했겠어. 참 대단한 돈 지랄이네.'

해마다 발표되는 최저시급에 관한 뉴스에 촉각을 곤두세우고 결과에 가슴 저미며 살아가는 영재 같은 노동자들에게 그들이 보여주는 행위는 사치 그 이상이었다.

영재는 평소 말로만 들어왔던 혹은 각종 미디어에서만 접해보던 자본가들의 일면을 직접 눈앞에서 보게 되니 아등바등 살아가고 있는 자신의 모습이 측은하게 느껴졌다. 고단한 육체에, 피로한 영혼에 스스로의 위로를 건네고 싶어졌다.

'저런데 쓸 돈 있으면 근로자들 열악한 근무 환경이나 처우에 대해 개선을 좀 더 해 주던가.'

영재는 잠시 이렇게도 생각해 보았지만 영재가 사는 세상은 그들의 삶 속으로 녹아들 수 있는 그런 세상이 아니었다. 그들의 생각은 달랐고 다른 영역이었다. 만약 영재가 그들 중의 한 부류였다면 영재는 달리 생각하고 또 달리 행동했을까. 영재는 그것에 대한 확신 또한 없었다. 그저 맞닿을 수 없는 평행선의 삶을 살아가는 것 그 이상의 이하의 것도 아닌 그저 그런 삶일 뿐이었다.

갑자기 어딘 가에 누워있을 덕수가 생각났다. 스스로는 앉아 있을 수조차 없는…….

곧 퇴원할 것 같다는 소식은 들었지만 쉽게 다시 가볼 엄두를 내지 못하고 결국 현장 관리자들을 통해서만 간간이 소식을 전해 듣고 있을 뿐이었다.

'우리 덕수 보상은 제대로 잘 받았는지 모르겠네…….'

덕수를 생각하면 한숨부터 나왔다. 이제 마음잡고 결혼해 잘 좀 살아보겠다는 청춘인데 그런 끔찍한 사고를 내려주시니 하늘도 참 무심하다고 생각했다.

덕수의 보상에 관한 부분은 민감한 사항이라 차마 물어보지 못하고 들리는 소문에만 의존해야 했다. 가족의 일원이 아니었기에 딱히 도와줄 것도 없었고 그래서도 안 됐다. 혹여나 잘못된 조언이 덕수 부부에겐 평생의 멍에가 될 수도 있는 사안이었다.

주위에 아무도 없다는 사실이 딱하고 안쓰러웠지만 그것으로 인해 면죄부가 될 수 있는 세상은 아니었다. 세상은 냉정했고 가혹하기만 했다. 한참 사회생활을 시작하고 도전할 나이에 사지를 움직이지도 못한 채 꼼짝없이 누워

지내야만 하는 그 답답한 심정을 감히 누가 헤아려주고 어디에서 보상받을 수 있단 말인가. 그것에 대한 보상을 어떻게 어떠한 방법으로 계산해야 할지 차라리 종신형을 선고 받고 감옥에 들어 앉아 있는 편이 훨씬 나을 것 같다는 생각을 해 보았다.

누군가에겐 필요 없을 쓸데없는 무언가가 또 다른 누군가에겐 당연하게 필요시 되는 세상 속에서 영재는 숨죽이며 살아가고 있었다. 그럴 필요까지는, 또 그럴 만한 가치가 없는 것 같은데도 세상은 영재를 그렇게 만들어 가고 있는 것 같았다.

영재는 떠오르는 잡생각들과 밤 12시를 훌쩍 넘긴 시간에도 계속되는 공사 소음으로 인해 머리가 계속 지끈거렸다.

'다 필요 없고, 그러든지 말든지 그냥 조용히 일 하게나 해 줬으면 좋겠네.'

세상 모든 일 뜻대로 되는 건 하나 없는 듯 보였다.

2층 중이층 사무실과 엘리베이터 공사는 놀랍게도 단 이틀 만에 마무리 되었다. 누가 봐도 부실인 듯 날림공사로 촉박하게 진행되었지만 겉으로 보기엔 제법 나름의 위용을 갖추고 있었다.

영재는 이 모든 것들이 일종의 보여주기 식 경영이 아닐까도 생각해 보았다. 하지만 공사가 끝난 바로 다음날부터 각종 집기류들이 새로 생긴 사무실에 가득 채워지더니 거의 매일 저녁 사람들이 사무실에 상주하기 시작했다.

매일 출근 길 영재의 눈에 얼핏 비치는 중이층 사무실의 모습은 사뭇 진지했다. 대형 스크린과 마이크를 이용한 첨단 회의 장비로 열정적인, 어느 영화에서나 나올 법한 제법 멋있는 회의 장면들이 연출되기도 했다. 호기심을 이기지 못한 영재가 업무 중 휴게 시간에 잠깐 짬을 내 아무도 없는 불 꺼진 사무실 안을 들여다 본 적이 있을 정도였다.

날이 갈수록 양복을 잘 차려 입은 무리들은 점점 다양해졌다. 외국인들도 보이기 시작했으며 하얀 가운 차림의 연구진으로 보이는 듯한 사람들도 5층에 있는 FT봇1에 자주 관심을 보이기 시작했다.

그동안 전혀 작동 되지 않고 항상 같은 자리에 그대로 방치돼 있어 지게차 사원들에 의해 '깡통'으로 불리던 FT봇1은 수시로 대기 상태가 되었고, 누군가 5층으로 올라오는 날이면 어김없이 작동에 들어갔다. 그리고 그럴 때면 지게차 사원들은 FT봇1에 쌓여 있는 먼지를 털어내고 레일은 문제없이 작동하는지 등의 시험 운행을 해야 해 그날 지게차 사원들의 공식 업무는 뒷전이었다.

물론 그만큼의 시간을 빼앗기는 만큼 당연히 지게차 사원들의 불만도 나날이 늘어갔다. 하지만 그렇다고 누구 하나 나서서 불만을 표출하는 이는 없었다.

"자, 오늘부터 지게차 사원이 한 명씩 붙어서 저 깡통…… 음…… 정확한 명칭으로 하면 FT봇1호…… 인가? 맞지? 뭐 우리끼리는 그냥 깡통이라고 하자, 응? 그게 더 편하다. 저게 영어 이름이라 좀 불편하네. 암튼, 저 깡통을 우리 지게차 사원들이 조별로 하루씩 돌아가면서 전담으로 관리를 하기로 했어. 뭐 특별할 건 없고……."

"기계 관리를요? 일 하기도 바빠 죽겠는데…… 아니, 작동법도 모르고 아무것도 모르는데 우리가 관리를 해요?"

조회 시간, 지게차 조장이 설명을 늘어놓는데 인제가 갑자기 말을 끊고 나섰다. 평소 업무 외의 부당한 일을 시키는 것 같으면 항상 문제를 제기하고 지게차 사원으로서의 주장과 권리를 어필하는 인제였기에 분위기는 갑자기 싸늘해졌다. 매번 그럴 때마다 그 끝은 항상 좋지 않았고 그로 인해 지게차 조장과 인제와의 사이는 항상 냉랭했기 때문이었다.

"아니, 그니까 내 얘길 일단 들어 봐봐. 이제 깡통 재를 실전 업무에 본격적으로 투입을 시킨대. 뭐 컴퓨터 프로그래밍을 해서 어떻게 한다는데 그건 잘 모르겠고. 저 사람들 말에 의하면 재한테도 이제 매일 업무량을 일정 배분하고 우리랑 같이 일을 할 거래. 그게 뭐 좀 웃긴 상황이긴 한데…… 아무튼. 그래서 본사 사람들이 수시로 여길 올라올 거니깐 재가 항상 깨끗하게 유지가 돼 있어야 해. 지금까지야 뭐 사용을 안했으니깐 여태껏 먼지 쌓여 있던 건 본인들이 다 청소해서 작동시키고 있는 거 같은데, 앞으론 우리가 그 일을 해야 된다고."

"칫……."

인제는 삐딱한 자세로 무언가 마음에 들지 않는다는 표정으로 지게차 조장을 뚫어지게 바라보고 서 있었다. 그리고 본인도 모르게 입에서 튀어 나온, 마치 맘에 안 들고 아니꼽다는 듯한 표현에 지게차 조장과 다시 눈이 마주쳤다. 찰나의 순간이었지만 둘 사이의 마치 불꽃이 튀는 듯한 눈맞춤이었다.

지게차 조장은 인제와 눈이 마주친 뒤 순간 인상이 굳어지며 안색이 어두워졌다. 잠깐의 정적이 흘렀다. 잠시 말을 아끼던 지게차 조장은 이내 다시 하던 말을 이어갔다.

"……뭐 대단한 건 아니고, 지금 재들이 청소 용품 주문을 좀 해놨대. 와봐야 알겠지만 먼지털이개랑 뭐 그런 것들이겠지? 청소 용품 오면 이제 그걸로 업무 시작 전과 업무 끝나고 대충 이렇게 먼지 잘 털어내 주고 뭐 그런 식이야. 딴 거 없어. 그리고 뭐 이상 없는지 작동 잘 하는지 가끔 이리저리 들여다보고. 쉽지? 뭐 니들한테 어려운거 시키겠니?"

"아니, 조장님. 그럼 청소를 하라는 말인데 저희한테 그런 것까지 시키는 건 좀 아닌 거 같은데요?"

인제는 도저히 참질 못하겠는지 지게차 조장의 말이 끝나기가 무섭게 도발했다.

"자, 다들 그렇게 알고 시간 됐으니까 각자 위치로 가서 업무 시작해."

인제의 도발이 무시됐다. 지게차 조장은 다른 지게차 사원들 앞에서 인제와 충돌이 일어날 것을 짐작했는지 인제의 의견은 무시한 채 자리를 돌아섰다. 하지만 순순히 물러날 인제도 아니었다.

"아니, 이거 너무하는 거 아니야? 아니, 형님들! 이거 우리 한 번 들고 일어나야 하는 거 아니에요? 아니, 우리가 무슨 개잡부야? 이건 아니지. 우리가 잡부도 아니고 뭐 저런 깡통 청소를 시켜? 저거 청소하다 잘못되면 그 책임은 누가 질 건대? 아무리 생각해도 이건 아닌 거 같은데?"

얼굴이 빨개지며 열변을 토해내는 인제를 뒤로 하고 다른 지게차 사원들은 모두들 자리를 뜨는 분위기다. 인제와 친한 지게차 동료들 몇 명만이 서로의 눈치를 보며 마지못해 자리를 지키고 서 있을 뿐이었다.

멀지 않은 거리에서 그 모습을 지켜보고 있던 지게차 조장은 인제 주위에 지게차 사원이 몇 명 남지 않은 모습을 확인 한 뒤에야 화가 잔뜩 올라온 표정으로 인제에게 성큼 다가왔다.

"야, 너 잠깐 이리와 봐."

"예? 저요?"

인제 역시 불만 가득한 얼굴과 목소리로 지게차 조장에게 반문했다. 평소 어느 누구와의 기 싸움에서도 절대 꿀리지 않던 인제였다.

"너 뭐가 그렇게 불만이야? 너 일하기 싫어? 너 일루 따라와 봐."

인제 주위의 지게차 동료들이 지게차 조장의 강압적인 모습에 놀란 토끼 눈들을 하고 움직이질 않자 지게차 조장은 사람이 없는 구석진 곳으로 인제를 데려 갔다.

옆에서 그 모습을 지켜보던 영재는 걱정 가득한 눈빛으로 멀어져 가는 둘의 뒷모습을 바라만 보고 있었다.

'별 일 없어야 할 텐데…….'

그러나 영재가 우려했던 것과는 달리 두 사람은 먼발치에서 잠시 이야기를 나누는가 싶더니 채 오 분도 되지 않아 다시 돌아왔다.

"영재야, 가자! 형님, 가시죠."

인제는 어느덧 억울하면서도 어쩔 수 없다는 듯한 묘한 얼굴 표정을 지으며 지게차가 있는 곳으로 발걸음을 유도했다.

"형, 괜찮아요?"

"진짜, 내가 옛날 같았으면 사무실 찾아가서 다 뒤집어엎어버렸을 텐데. 조용히 일만 하려니깐 사람들이 참 짜증나게 하네. 아니, 위에서 시킨다고 무조건 다 들어주기만 하니깐 자꾸 얼토당토않은 걸 시키는 거 아니야. 들어줄 건 들어주고 끊어줄 건 좀 끊어줘야지. 현장 관리자들이 이런 건 알아서 끊어줘야 하는 건데. 참, 나…… 깝깝하네, 진짜."

"쎈개가 뭐라 그래요?"

"뭐라 그러겠냐, 맨날 하는 소리 하는 거지. 아니, 중간에서 좀 끊어내 줘야 밑에 사람들이 편하게 일하는 건데 이건 무조건 예스만 하고 있으니…… 두고 봐요. 이런 식이면 우리 하는 일들 조금씩 늘어날 테니깐."

"그래도 어쨌든 쎈개한테 대들어서 좋을 건 없는데 그냥 좋게좋게 하지 그랬냐?"

옆에서 걱정스런 얼굴로 가만히 듣고만 있던 진수가 거

들었다.

"그래서 저도 뭐 다른 말 안하고 왔어요. 뭐가 불만이냐고, 애들 앞에서 왜 그렇게 불만인 티를 내냐고 해서 그런 거 아니라고 하고 그냥 왔어요. 근데 또 시답잖은 옛날 얘기 꺼내서 그것들도 다 오해가 있는 거라고 얘기는 했는데 뭐 말이 통하나요? 계속 자기 입장에서만 얘기하고 있길래 그냥 포기하고 예 알겠다고 하고 온 거예요."

"그래, 잘했네. 더 말해 봐야 더 찍히기만 하지 뭐."

"찍히든 말든 상관없어요. 근데 저 혼자 얘기해 봐야 뭐가 되나요? 제가 화나는 건 그거예요. 제가 뭐 저 혼자 좋자고 이러는 겁니까? 우리 지게차 사원들 일 좀 편하게 하고 우리 권리 지켜 먹자는 건데 아무도 호응을 안 해 주자나요. 내가 얘기할 때 옆에서 좀 받쳐주고 같이 거들어 주면 분명히 바꿀 수 있는데 아무도 나서질 않으니 그게 답답한 거죠. 뒤에서 말들만 많지 병신들, 진짜. 지들 일하는 환경 좋게 만들어주려는데 저만 또 이상한 사람 된 거 같네요."

"그러니까 그냥 시키면 시키는 대로 대충 하자. 자꾸 반기들면 너만 피곤해 지는 거 아니냐."

"그래요, 형. 이제 뭐라 하지 말고 그냥 시키는 대로 하죠. 일 힘들어 지면 뭐 대충대충 하면 되는 거죠."

"그래야 되는데 그게 잘 안 된다. 너도 형 성격 알잖냐."

"으이그, 너도 참. 인제 너도 웬만하면 성격 좀 죽이고 일해 이제."

"그래도 누군가 자꾸 이렇게 뭐라 걸어줘야 돼요. 시키는 대로 고분고분 말 잘 듣기만 하면 자꾸 일이 늘어난단 말이에요."

"근데 어찌되었든 니가 여기서 일하려면 관리자들한테 밉보여서 좋을 건 없잖냐. 너만 문제 사원으로 낙인찍히게 되고."

"형님, 저는 문제 사원 돼도 상관없어요. 뭐라 하면 때려치고 딴 데 가면 되죠, 뭐. 여기가 대기업처럼 좋은 직장도 아니고 우리가 정규직도 아닌데 뭐가 겁나요? 지게차 일할 데는 많다는 거 형님도 아시잖아요. 그리고 아무리 계약직이라도 증명할 수 있는 자료나 근거 없이 함부로 자르지는 못해요. 자르려면 한 번 잘라보라고 하세요. 제가 어떻게 하는지."

어떻게든 일을 시키려는 자와 어떻게든 피해가며 일을 덜 하려는 자. 우습게 보일지도 모르겠지만 영재가 지금껏 십여 년간 물류 밥을 먹으면서 봐왔던 물류센터 사람들의 대립적인 모습이었다.

현장에서, 관리자들의 입장에선 자의든 타의든지 간에 근무 시간 내 하나라도 일을 더 시키려고 노력하는 열정을 보인다. 물론 그 일련의 과정에서 보이는 대부분의 모습들은 강압적이었고 직위와 서열은 그들의 뜻을 쟁취하기 위한 하나의 도구로서 사용되었다.

물류에서 직급은 곧 힘이었고 권력이었다. 때론 더 나은 타이틀을 따내기 위한 그들만의 보이지 않는 모략과 음모들이 차고 넘치는 이유이기도 했다.

사원들은 직급이 있는 사람들의 말에 복종해야만 했고 따르지 않을 시엔 눈에 뻔히 보이기도 하는, 어떠한 방식으로든, 불이익이 가해지기도 했다. 설사 그것이 합당하지 못한 지시였음에도 말이다.

그렇지만 일을 하기위해선 그 모든 불합리함과 부당함들을 감내하고 벙어리가 되어야만 했다. 그저 일을 하고 일을 한 만큼의 대가를 가져가기 위해서는 말이다.

힘을 가진 자들의 말 한 마디에 사원들의 보직은 수시로 바뀔 수 있었다. 심지어 단기 사원들은 일하는 도중에 집으로 돌아가기도 했다. 삶의 끝자락에 내몰린 고단한 사람들은 어디에 하소연을 해야 하는지도 모르는 채 이리저리 휘둘리고 있었다.

시간이 지날수록 재화의 흐름은 더욱 더 민첩하게 변해

가고만 있다. 그것에 기대어, 물류라는 이름의 거대한 공룡은 점점 더 난폭하게 그리고 무자비하게 성장해 가며 그 세력을 확장하고 있었지만 그를 둘러싼 모든 것들은 여전히 자연 그대로를 유지하고 있었다. 전혀 개발될 기미조차 보이지 않는 원초적인 자연 그대로의 모습을.

그리고 그 신비로운 원초적 자연 안에서, 우리는 거칠고 탁한 공기를 들이마시고 있는 아이러니한 경험을 하고 있는 중이었다.

'위잉, 위잉…… 위잉, 위잉…….'

굽이굽이 길게 늘어져 끝이 보이지 않는 컨베이어 벨트가 연신 돌아간다. 야간조의 업무 마감 시간인 새벽 4시부터 주간조가 시작하는 오전 9시까지 5시간가량 잠시 멈춰 있는 다고는 하지만 거의 종일 돌아가는 레일들이 참 대단하게 느껴지는 순간이다.

영재는 거대한 물류센터의 대부분을 감싸며 돌아가고 있는 레일들을 대체하려면 얼마나 많은 노동력의 희생이 필요하게 될지 생각해 보았다. 감히 엄두가 나질 않았다.

그렇지만 웬만해선 멈추지 않고 잘 돌아가는 그 위용을 바라보고 있노라면 기계의 힘이 새삼 위대하게 느껴지는 건 사실이었다. 만약 이 시끄러운 레일들이 어떠한 이유에든 멈춰 서서 일일이 수작업으로 끝이 없는 박스들을 옮겨야만 한다고 생각해보니 갑자기 등줄기에 서늘한 식은땀이 한 줌 흘러 내렸다.

"여기는 물류예요. 여기서 인격적인 대우를 바라지 마세요. 한 번 말을 하면 말귀를 잘 알아들어야지 못 알아들으면 안 돼요. 그럼 여기서 일 못해요. 집에 가셔야 해요."

3층 출고 파트의 포장 라인을 지나가던 제시는 어디선가 들려오는 말소리에 두 귀를 의심하지 않을 수 없었다.

카랑카랑한 목소리가 흘러나오는 곳을 유심히 살펴보니 포장 자재들이 뒤섞여 번잡한 곳에서 초짜인 것으로 보이는 단기 사원 한명이 출고 조장에게 한 소리를 듣고 있었다. 얼핏 봐도 앳돼 보이는 조카뻘의 여자 아이를 앞에 세워두고 나이가 꽤 들어 보이는 여자 출고 조장은 뭔가에 단단히 화가 났는지 언성을 높이고 있었다.

'인격적인 대우를 바라지 말라고?'

제시는 지나가는 길에 본인이 얼핏 잘못 들은 줄로만 알았다. 그 후에도 말귀를 못 알아듣는다는 둥 집에 돌려보낸다는 둥 심한 말들이 계속해서 들렸으나 '인격적인 대우'라는 기가 막힌 그 두 단어에 꽂혀 다른 말들은 귀에 들어오지도 않았다.

'참 대단들 하네. 참 대단하신 조장님이셔.'

풀이 죽은 듯 고개를 숙인 채 아무 말도 못하고 서 있는 여자 단기 사원을 보고 있자니 제시는 같은 여자로서 측은함이 느껴졌다. 저 아이는 얼마나 절실하기에 저런 소리를 들어가면서까지 이곳에서 일을 해야 하는 것이고 대체 무슨 잘못을 했기에 저렇게 인격 모독적인 발언을 듣고도 아무런 항변 없이 그저 서 있기만 한 것일까. 너무 착해서 그런 것일까. 아니면 아직 세상을 잘 모르는 사회 초년생의 어리숙함 때문이었을까.

갓 스무 살이 되었든 나이 육십이 되었든 사회에 나왔을 땐 어찌되었든 성인이란 기본적인 명제 하에 같은 조건에서 동등한 자격으로 경쟁을 해 나가는 것은 맞는 말이었다. 하지만 인간으로서 기본적으로 갖추어야 할 덕목들이 있는바 많은 사람들이 그 점을 놓치고 있는 것 같아 아쉬운 마음이 들었다. 하대를 당한 저 단기 사원이 오늘의 감정을 가슴에 품고 평생을 살아갈 것을 생각하니 마음이 아렸다.

제시는 지게차 사원이다. 남성들의 전유물로 여겨지던 지게차 운전에 뛰어들어 적어도 이곳 물류센터에서 만큼은 그 능력을 인정받았다. 여타의 남자 지게차 사원들과 비교를 해 봐도 작업 속도나 기술적인 면에 있어서도 전혀 꿀릴 것이 없는 지게차 운전 능력이 있었다. 그것은 갓 들어온 신입들의 눈에도, 여자라는 이유로 절대 얕잡아 볼 수 없는 누가 봐도 월등한 능력이었다.

물류센터 내의 입·출고 파트를 막론하고 거의 모든 여자 사원들은 제시의 멋짐과 능력에 동기 부여를 받으며 부러워했고, 남자 사원들은 그 묘한 매력적임에 관심과 호감을 표시하는 일이 많았다.

잘 생기고 건장한 주한 미군 백인 아버지와 단아하고 아름다웠던 한국인 어머니에게서 물려받은 제시의 유전자는 갓난아이였을 때부터 특출해 여기저기서 모델 제안을 받았을 정도로 뛰어났다. 특히나 잘 빠지고 글래머러스한 몸매와 또렷한 이목구비는 뭇 남성들의 마음을 충분히 홀리고도 남을 정도였다. 멀리에서도 한 눈에 들어올 만큼의 아우라가 느껴졌던 것이다. 하지만 연예인이라고 해도 무방할 정도의 특출한 외모와는 달리 성격은 유달리 털털하고 호탕해 여장부라고 해도 과언이 아닐 만큼의 의리를 외치고 다녔다.

그녀를 처음 본 사람들은 세련되고 이국적인 외모와 개성적인 옷차림에 혹시 외국인이 아닐까라고 한 번씩은 의심을 해보기도 한다. 하지만 이내 그녀의 유창한 한국말에 그러한 의구심들은 금방 잊히곤 했다. 아장아장 걸어 다닐 무렵까지만 미국에서 자랐고 그 후엔 부모님을 따라 줄곧 한국과 미국을 오가며 생활해 온 탓에 두 나라의 언어에 전혀 거부감이 없던 탓이었다. 물론 부모님의 현명했던 가정교육도 한 몫 거들었겠지만 말이다.

그런 제시가 들었던 출고 조장의 발언은 이해 할 수 없는 작은 충격으로 다가오기에 충분한 일이었다. 적어도 부당한 지시와 웃어넘길 정도의 가벼운 발언에도 바로 소송을 걸고 개인의 편의에만 집중하는 미국에서의 생활을 겪어본 제시에게는 말이다.

제시가 처음 물류센터에 입사했을 때에도 근무 환경에 적응하는데 제법 혼란을 겪으며 힘들어하던 기억이 있었다. 50분 현장 근무에 10분의 휴게 시간을 칼 같이 지키는 미국에서의 근무 환경이 익숙했던 제시에게는 이곳 현장에서 돌아가는 모든 것들이 새로웠고 또 의아스러웠던 것이다. 물론 결국엔 현재 누구보다 잘 적응해 사람들을 이끌어가는 수준에까지 이르게 되었지만 말이다.

"누나, 거기서 뭐해요?"

제시가 뒤를 돌아보니 영재 특유의 느린 걸음과 선한 미소가 다가오는 것이 보였다.

"오우, 영재. 넌 여기서 뭐하니?"

"저는 그냥, 뭐. 여기 저기 돌아다니고 있는 거죠."

"짜식. 위에 한가한가 보다? 마실이나 실실 댕기고 있고."

"다 그런 거죠, 뭐. 위에 지게차 다 놀고 있어요. 근데 참 희한한 게 사람들이 보이질 않아. 다들 어디에 있는 건지 지게차는 있는데 사람은 안 보여요."

"그래?"

"네. 인제 형이랑 진수 형도 어디 간 건지 지금 찾으러 돌아다니고 있어요. 혹시 형들 보셨어요?"

"안 보이면 찾지 마. 어딘가에 잘 짱 박혀 있을 거야. 왜 찾으러 다니니?"

"아이, 심심해요. 아까 같이 음료수 마시러 가기로 했었는데."

"우리 영재 버려졌네? 누나가 음료수 사줄까?"

"아니에요. 올라가 봐야죠."

"야, 근데 출고 쪽은 살벌하든데?"

"왜요? 무슨 일 있어요?"

"저기, 저기 레일 밑 컴퓨터 앞에 서 있는 나이 좀 있는 여자 조장 있잖아. 저기 보여?"

"네. 근데 저 분 왜요?"

"아까 알바 여자애 하나 잡는데…… 뭐, 여기서 일하려면 인격적인 대우는 바라지 말라고 하고…… 또, 뭐래더라…… 말 안 들으면 집에 보낸다고 막 지랄하든데? 여자

애 불쌍하더라. 아직 어려 보이던데."

"저는 뭐 더 심한 것도 많이 봐서 별로 놀랍지는 않네요. 아니, 근데 뭘 모르면 알려줘야 하는 건데 여기는 뭘 알려줄 생각은 안하고 대놓고 뭐라 하기만 한다니깐요. 처음 왔으면 모르는 게 당연한 건데. 참, 안타깝네요."

"지게차 타길 잘했지. 이 동네 살벌하다, 야."

"에이, 누나는 지게차 안 타셨어도 걱정 없으셨을 거 같은데요, 뭘."

"어머, 내가 그렇게 보였나?"

"저 올라가 볼게요. 수고하세요. 이따가 형들 찾으면 또 내려올게요."

"오냐. 근데 니들 그렇게 몰려다니다 또 찍힐라."

"그럼 어쩔 수 없죠, 뭐."

영재의 장난기 어린 점잖은 미소에 제시는 윙크로 인사를 대신하고 지게차를 움직였다. 제시는 영재가 형들과 함께 다시 내려 올수도 있다는 말에 마음 한 편이 조금 서먹해진다.

처음 이곳에 지게차 사원으로 들어와 일을 배우는 과정에서 제시는 인제의 도움을 많이 받았다. 제시가 지게차 사원으로서 합류하게 되자 단지 여성이란 이름으로 무시

당하고 어울리지 못했던 상황들을 인제가 나서서 지게차 동료들과 어울릴 수 있도록 다리를 놔 주고 정리를 해주었던 것이다.

특히 나이가 좀 있는 꼰대 지게차 사원들의 차별은 대단할 정도였다. 말을 안 걸어주는 것은 기본이었고 업무적인 일에 있어서도 투명인간 취급을 하는 등 같은 지게차 사원으로 인정을 해주지 않는 분위기가 만연했었다.

물류센터라는 직장 환경의 특성상 하루 이틀 정도 일해보고 다음날 아무런 말없이 안 나와 버리는 사람들이 부지기수였기에 그럴 만도 한 일이었기도 했으나 그보다 그들은 제시가 단지 여자라는 이유만으로 무시하고 홀대했을 가능성이 농후했다. 어찌 보면 여성으로서 금단의 벽이라고 할 수도 있을 지게차 운전이라는 그들만의 직업군을 공유하고 싶지 않아서였음이 주된 이유였을지도 모를 일이었다.

이러한 제시의 초기 상황들은 훗날 두고두고 남겨진 지게차 사원들의 좋은 얘깃거리와 추억거리가 되어 주기도 했다.

"난 얘 하루 나오고 안 나올 줄 알았잖아. 근데 매일 나오더라고."

"저도요. 저는 그래도 한 일 주일은 예상했었는데. 형님은요? 형님은 그때 한 두어 시간 타다 집에 갈 거라 그랬잖아요."

모여 있던 지게차 사원들 사이에 한 바탕 웃음이 쏟아졌다.

"난 그런 생각이고 뭐고 조장님이 처음 지게차 사원이라고 소개하길래 내가 잘못 들었는줄 알았어. 저기 출고가서 단기 사원이나 할 것처럼 생겨가지고 뭔 지게차야 지게차가. 속으로 이제 개나 소나 다 받아준다고 생각했지."

"아이, 형. 그래도 개나 소나는 좀 그렇다."

제시의 매력적인 눈웃음에 최고참인 지게차 사원은 머쓱하게 웃으며 손사래를 쳤다.

"아유, 그냥 그때는 그랬다고. 지금은 뭐…… 내가 너한테 지게차 배우게 생겼구먼. 좀 살살 좀 타. 옆에 가면 무서워 죽겠어, 아주 그냥."

"아, 그래? 근데 형들 따라가려면 어쩔 수 없어."

"애는 뭐 맨날 형이래냐? 야, 좀 오빠라고 좀 불러봐 봐. 얼굴은 예쁘장해 갔고 형이 뭐여, 형이."

"아니, 형은 내가 여자로 보이나? 응? 그런 거야?"

"참나, 재는 도저히 못 이겨. 이길 수가 없어, 그냥."

아무리 기가 세고 곤조가 있어 우락부락했던 경력 많은

지게차 사원들도 제시의 장난 섞인 말투와 제스처 앞에서는 모두 무너져 내렸다. 제시의 친근함도 있었겠지만 무엇보다 남자들의 일이라 여기는 지게차 사원의 세계에서 고군분투하고 있는 유일한 여자 제시의 모습이 대단하다고 생각되어 모두들 인정하는 것 같았다.

실제로 제시는 처음 그 험난했던 상황들을 오로지 지게차 실력 하나만으로 제압해 시간이 흐를수록 지게차 사원들의 인정을 받을 수 있었다. 남들 파렛트 하나 옮길 때 두세 개씩 옮기는 열의를 보였고 같은 시간을 일해도 다른 웬만한 남성 지게차 사원들보다 월등한 지게차 실력을 뽐냈다. 그러다 보니 차츰 경력 있는 꼰대 지게차 사원들도 인정을 하지 않을 수밖에 없었던 것이다. 거기에 싹싹하고 분위기 좋게 만드는 제시 특유의 능력이 더해지니 상황은 금세 역전될 수밖에 없었던 것이었다.

"아니, 근데 형은 나 왜 그렇게 싫어했어? 이제 와서 하는 말인데 처음에 눈도 안 마주치고 그러더만."

"그게 아니고, 난 원래 새로 들어오는 애들이랑은 말 안 해. 한 3개월 지나고 계속 남아 있으면 조금씩 말하고 하는 거지. 처음엔 나도 새로 오는 애들 잘해주고 일도 알려주고 했었는데 하루 나오고 안 나오고 뭐 이런 애들이 워낙에 많으니깐 마음 주면 나만 피곤해지더라고. 그래서 이젠 누가 들어오면 그냥 오는가보다 싶지 잘해주고 뭐 그런 거 없어. 어차피 장비는 실력으로 타는 거지 누가 잘해준다고 잘 타고 뭐 그런 건 아니니깐."

"그렇긴 하지. 그래서 그랬던 거구나."

"그러고 지게차 못 타는 애들 들어오면 일이 진도가 안 나가니까 짜증나는데 그래도 너는 지게차를 잘 타니깐 오래 있을 거 같긴 했는데 그래도 긴가민가했지."

"형은 내가 지게차 잘 타는 줄 알았어?"

"아, 그럼 알지. 딱 보면 알지. 벌써 타는 폼만 봐도 우린 알아."

"그런 게 짬이라는 거야, 누나. 누나는 아직 멀었어."

"넌 지게차는 잘 타니깐 일만 배우면 되는 건데 과연 잘 적응할 수 있을까 뭐 그런 생각을 좀 했었지. 장비 타는 애들이 좀 드세잖냐."

"그렇구나."

"근데 너는 인제가 잘 도와줬잖아? 인제가 원래 있는 애들도 내보내는 군기 반장인데 유난히 제시한테는 잘 해주더라고."

"인제 형님이 원래 여자들한테는 잘 해 주시더라고요. 입·출고 가릴 거 없이."

"아니, 형. 근데 지게차 못 타는 애들도 들어온 적이 있었던 거야?"

인제 얘기가 나오자 제시는 재빨리 화제를 돌렸다. 다들 무언가 얘기가 나올 거란 기대감들을 가지고 있었던 분위기였지만 눈치 빠른 제시가 먼저 선수를 친 것이었다.

"말도 마라. 많이 왔었어. 너 오기 전에 초창기부터 수없이 왔다 갔어. 근데 그런 애들은 지들이 적응 못하고 알아서 금방 나가더라고. 저 조장 저거 지 말 잘 들을 거 같다 싶으면 지게차 실력이랑 상관없이 다 받아주잖아. 어차피 같이 일 하는 건 우리니깐. 지는 일 안한다 이거지. 업무 지시만 내리고 사라지잖아. 그니깐 장비 못 타는 사람 들어오면 결국 그 사람 일을 우리가 해야 되니까 좀 짜증나지."

"진짜 우리 조장님은 좀 너무하는 거 같아요. 바쁠 때 좀 도와주고 그러면 좋은데 어딜 그렇게 다니시는지 보이지도 않고 또 돌아다니면서 쓸데없는 소리만 하고 다니시고."

"야, 몰라? 돌아다니면서 자기 맘에 안 드는 애들 어떻게 하면 찍어낼 수 있을까 그거 연구하고 다니잖아."

"지게차 조장 얘기는 이제, 장비 좀 못타면 어떠냐, 타다 보면 늘고 배우면서 타면 되지 뭐 이런 입장인데. 물론 틀린 말은 아니지만 우리 입장에선 아니지. 여기가 무슨 지게차 학원도 아니고 누군 입에서 단내 나게 타고 있는데 옆에서 앞으로 뒤로 왔다갔다 거리고만 있어봐. 그날 일을 끝내야 집에 가니까 안 할 수도 없는 거고 어쩔 땐 진짜 눈 돌아간다니깐. 우리만 속 터지는 거야. 그렇다고 지가 도와줄 거야? 결국엔 끝날 시간 다 돼서 우리 시키잖아."

"야야, 관리자랍시고 뒷짐 지고 관리하고 다니는 거라잖냐. 내버려둬라."

인제는 그렇게, 제시가 텃세 있고 험한 지게차 사원들의 세계에서 쉽고 빠르게 적응할 수 있도록 도와주면서 각별히 친밀해졌다. 남자 사원들에게는 항상 거칠고 강한 모습을 보여주는 인제였지만 여자 사원들에게는 유독 부드럽고 다정스럽게 대해주던 인제의 모습에 제시도 많이 의지하며 또 동화되어 업무를 배워나갔다. 그리고 그렇게 시간이 흐를수록 점차 서로에게 호감을 느낄 수 있을 만큼까지 발전하게 되었던 것이다.

하지만 이미 가정이 있었던 인제는 제시와 묘한 썸을 타는 관계에서 둘만의 애틋함으로 발전하기 직전 정신을 차리게 되었고 또 마침 친하게 지내던 동료이자 형인 진수가 제시를 보며 혼자 속앓이를 하고 있는 것을 눈치 챈 뒤로는 제시를 향한 마음을 단박에 접어 버렸다.

모르는 이들은, 다들 애인 한 명씩은 두고 사는 세상인데 대수냐고 물어오는 이도 있을 테지만 인제는 우선적으로 가족들에게 미안한 마음이 앞섰다. 그리고 특히 노조 부위원장이라는 자리를 차지하고 있는 현실 속에서 주변 시선들을 고려했던 것도 사실이었다.

아니 어쩌면 이러한 이유들을 핑계 삼아 제시와의 사이에서 벗어나고 싶어 했는지도 모르겠다. 자신이 지금까지 이뤄놓은 것들을 잃을 용기도 없었거니와 평소 형·동생으로 허물없이 지내며 인생의 멘토로 늘 조언을 구해오던 동료 지게차 사원 진수 때문이었다.

진수는 항상 한 발짝 뒤에서만 제시를 바라보았다.

나이를 어디로 먹었는지 올해 사십 중반을 바라보는 연륜임에도 뭐가 그리 부끄러운지 제시 앞에만 서면 말문이 막힌다. 인제처럼 제시와 허물없는 농담을 주고받으며 일을 가르쳐 주기도 하고 함께 하고 싶은 마음은 굴뚝같지만 늘 생각뿐이다. 나이에 비해 상당히 어려보이는 동안 마스크와 항상 깔끔한 옷매무새의 강점을 전혀 활용하지 못하는 눈치였다.

물류센터에서 일하는 대부분의 사람들처럼 진수 역시 현재 하고 있는 가게가 잘 되지 않아 다소 늦은 나이임에도 불구하고 물류센터의 문을 두드렸다.

사람들은 흔히들 하다하다 일이 잘 안되었을 때 비로소 마지막으로 향하는 곳이 물류센터라고 종종 너스레를 떨기도 한다. 그 만큼 물류센터에서의 일은 힘들고 고달팠다. 그나마 학원을 다니고 자격증을 취득해 지게차 운전이라도 하니 다행이지 진수도 처음엔 아무런 정보 없이 맨몸으로 물류센터 상·하차 일에 도전했다 하루 일하고 이삼일을 누워있던 경험도 있었다. 당일 일하고 다음 날 안 나온다는 동료들 푸념의 의미를 실감할 수 있었던 순간이었다.

꿈이 있던 진수는 그 만의 꿈을 뒤로한 채 불혹의 나이를 넘겨 낮에는 자영업을 그리고 밤에는 물류센터에 하루하루 일당을 받고 아르바이트를 나갈 때 모든 것이 무너지는 듯 했고 삶이 어둡게만 느껴졌었다. 괜스레 낙오자가 되고 인생의 실패자가 된 것 같은 기분이랄까.

하지만 그곳에서 자신과 같은 처지의, 심지어 더 심한 경우의 다양한 많은 사람들을 만나 이야기를 나눠보면서 세상은 다 비슷비슷하게 흘러간다는 것을 알게 되었다. 더욱이 희망적인 건, 본인이 처한 현실은 그나마 나은 현실의 수준이었다는 사실을 알게 되었다는 점이었다. 세상은 생각했던 것 보다 열악했으며 불행한 사람들 역시 상상외로 엄청나게 많았다.

결국 본인의 계획이나 의지와는 상관없이 진행되어 흘러가는 인생의 참맛도 실감할 수 있었고 인생은 전쟁터와 같다는 사실에도 비로소 눈을 뜨게 되었다. 너무나 늦은 눈 뜨임이었지만 이제라도 알게 되어 다행이라는 생각이 앞서게 되었던 것은 본인도 모르는 사이 차차 세상과 타협하며 순응하는 법에 길들여지고 있었음이었을까.

항상 작은 가게에서 좋아하는 음악을 들으며 조용히 하루를 마무리 하던 진수였다. 적막했던 그 시간 동안 다른 한 편에선 그토록 치열한 노동력과 땀으로 점철되어진 사람들의 복잡한 삶이 동시에 존재하고 있다는 사실을 알게 되었을 땐 그 충격에서 헤어 나오는데 제법 많은 공을 들여야만 했었다. 세상은 역시나 광활하게 넓었고 나 홀로 우물 안 개구리의 삶을 지속하고 있었던 것이었다.

혼자 일하고 혼자 생활하는 일상에 익숙해져 있던 진수는 이곳 물류센터에 들어와 지게차 사원으로 점차 자리를 잡아가며 함께하는 공동체의 즐거움을 알게 되었다. 비록 몇 안 되는 지게차 사원들 속에서도 서로 편이 갈려 간간이 충돌이 있긴 했지만 싸우면서도 동료애를 알게 되었고 소속감을 느낄 수 있었다.

타고난 조용한 성격 때문일까. 진수는 노조 부위원장으

로 활동하며 동료들의 목소리를 대변해주는 인제의 진취적이고 활동적인 모습에 대리 만족을 느끼기도 하며 쉽게 융화되었다. 인제는 진수에 비해 두 살 어린 나이였지만 지게차나 물류 경력으로 따지면 까마득한 대선배라고 할 수 있었고 사회 경험에 있어서도 월등히 앞서 동생인데도 불구하고 여러 가지로 마음을 의지하는 동료 사원이었다.

진수에겐 때론 자신의 의견을 당당히 주장하는 저돌적이고 소신 있는 인제의 모습이 마냥 부러운 적도 있었다. 하지만 사려 깊고 생각이 많아 항상 신중하게 행동하는 진수의 모습 또한 인제의 고민 상담사로서의 역할로 전혀 손색없는 강점이라고 할 수 있었으니 인제는 업무 중 발생하는 문제점들이나 혹은 노조에서 문제가 되는 일들에까지 수시로 진수와 대화를 나누며 방안을 모색하고 풀어 나갈 때가 많았다.

언젠가 인제는 진수에 대한 그 속마음을 털어놓은 적이 있었다.

“형님, 형님은 참 생각을 다각도로 깊게 잘 하시는 거 같아요.”

“내가 왜?”

“아니, 말을 항상 논리적으로 조리 있게 잘 하시니까요. 사람들이 설득이 안 될 수 없게 하시잖아요.”

"그래? 내가 낮에 가게에서 시간이 남아돌아서 책을 많이 봐서 그런가? 근데 하긴 나도 다른 사람 설득시켜야 되는 일이 있으면 논리적으로 완전 반박하지 못하게 준비해서 말하는 스타일이긴 하지. 안 될 거 같으면 아예 말을 꺼내지도 않는 스타일이라."

"내가 형님처럼 이성적이고 논리적으로 말 좀 잘할 수 있으면 좋겠는데."

"야, 나도 지금 밑바닥까지 떨어질 대로 떨어져 생각이 많아져 그런 거지, 예전엔 나도 감정이 앞서서 욱하기만 하고 말도 잘 못하고 그랬어."

"그래요?"

"그럼."

"어쨌든 형님이 있어서 든든하고 좋아요."

한 번은 술자리에서 서로의 살아온 과정들에 대해 이야기를 하는 도중 진수가 외국 영어권 국가로 잠깐 언어 연수를 다녀온 것에 대해 얘기한 적이 있었다. 그 후로 인제는 기회가 될 때마다 물류센터 사람들에게 진수가 유학파라면서 자랑하듯이 말하고 다닌 적도 있었다. 물론 진수는 그럴 때마다 손사래를 쳐가며 아니라는 강한 부정의 뜻을 비치곤 했었지만 말이다.

"야, 유학이 아니고 그냥 일 년 어학연수 갔다 온 거야.

제발 좀 유학파라고 말하고 다니지 좀 마라. 어학연수는 요즘 어디 가서 명함도 못 내밀어.”

“그게 어디예요? 어쨌든 외국서 영어 공부하고 온 거 맞잖아요. 내가 물어보는 것들 다 잘 알더만.”

“그거야 중·고등학교 때 다 배우는 기본적인 것들이니까 아는 거고.”

다른 나라의 문화와 언어 쪽에 관심이 많아 일 년이란 시간을 외국에서 보냈던 것이 인생을 살아가는데 있어 도움이 된 것은 확실했다. 그래도 외국서 생활하기 위해 남들보다 영어 단어 하나라도 더 찾아보는 노력은 들였으니 말이다. 하지만 진수는 자신의 사정을 모르는 남들이 들었을 때 마치 집안에 여유가 있어 외국 유학 물을 먹은 사람으로 색안경을 끼고 볼까 싶어 움츠려 드는 것도 사실이었다. 물론 그런 쓸데없는 걱정은 진수만의 소심한 성격에서 기인한 것이었는지도 모르겠으나 어쨌든 진수는 인제가 그러고 떠들어댈 때마다 얼굴이 화끈거리는 감정을 숨길 수는 없었다.

어쩌면 외국 유학을 갔다 와서까지 물류센터라는 배경 아래에 서 있는 자신의 모습이 창피했었는지도 모를 일이었다. 유학까지 갔다 온 사람이 물류 밥을 먹고 있다는 모습을 남들은 또 어떻게 생각할까하는 바보 같은 생각에 홀로 사로잡혀 있음도 분명했을 테고 말이다.

시간을 한참이나 흘려보낸 후에 알게 된 사실이었지만 이곳 물류센터에도 미국과 일본 혹은 유럽 등지에서 오랜 기간 유학 생활을 했었던 사원들이 여러 명 근무하고 있었다. 심지어 외국에서 좋은 직장에까지 근무했었던 실력 있는 경험자도 볼 수 있었다. 하지만 물류 바닥에서 사연 없는 사람은 없다고 그들 역시 각자 나름의 사정이 있기에 다들 이곳의 물류 사원이 된 것이었을 뿐 그 이상도 이하도 될 것은 아니었다.

해외 유학 출신이라는 타이틀은 물류센터에서 일하는데 하등의 의미가 없는 것일 뿐만 아니라 아무도 신경조차 쓰지 않는 무의미한 것이었다. 많이 배우든 혹은 배우지 못했든 간에 그들은 똑같이 나라에서 정한 최저 임금의 수당을 받았고 현장 관리자들의 지시를 받으며 같은 장소에서 같은 일들을 반복적으로 하고 있었다. 물류센터라는 공간 안에서 누구라도 예외가 될 수는 없었다.

제시 역시 마찬가지였을 것이다. 미국에서 학교를 나오고 누구보다 오랜 외국 생활을 해왔던 제시였지만 단 한 번도 사람들에게 자신의 배경에 대해 내세우는 일이 없었다. 그럴 필요도 없을뿐더러 굳이 그럴 이유도 없었기 때문이었다.

"맞다. 진수 형님도 외국에서 유학생활 좀 했었는데. 제시랑 말이 좀 통하겠는데?"

"형도 미국에 있었다고 그랬나요?"

일하는 도중 잠깐의 짬이 생기자 방범 카메라가 설치되어 있지 않은 사각지대에 옹기종기 모여 지게차를 서로 맞대고 인제와 영재가 멍석을 깔아주고 있다.

"정말? 진수 형, 미국에서 왔어?"

제시는 머리핀을 입에 물고 흘러내린 긴 머리카락을 두 손으로 묶으며 호기심에 찬 부엉이 눈으로 진수를 바라보며 묻는다.

"그……."

평소 같으면 별일 아니게 농담으로 받아칠 수 있는 상황이 갑자기 다큐로 진지하게 다가와 말문이 막혀버린다. 제시 앞에만 서면 유난히 가슴이 떨리고 평소 잘 하던 말도 버벅거리게 되는 진수다.

"왜? 뭐요? 뭔데요? 말을 해요, 말을. 왜 그러는데요?"

벌써 눈치 빠른 인제는 그런 진수의 모습을 보며 장난기 가득한 웃음으로 진수를 보채본다.

"아니, 그게 아니라…… 난 유학 갔다 온 게 아니라 언어연수 잠깐 갔다 온 거라고. 인제 너한테 몇 번을 말하냐? 한 일 년 정도. 그리고 난 캐나다로 갔다 와서 제시랑은 틀리지. 제시 넌 미국에서 왔다 그랬지?"

진수는 화끈 달아오르는 얼굴로 인제에게 불만인 듯 쏘아붙이며 이야기를 건네다 지그시 제시에게 시선을 돌렸다.

"응. 그래도 캐나다면 미국이랑 이웃 동네네. 캐나다 어디로 갔다 왔는데? 동부 쪽이면 나랑 가까웠을 텐데. 난 뉴욕이랑 플로리다 쪽에 있었거든."

"오, 뉴욕! 어쩐지 제시 딱 봤을 때 뉴요커 분위기가 딱 나더라고."

인제는 신이 나는지 깐족거리며 대화의 흥을 돋우고 있었고 그런 형들의 모습이 우스운지 영재는 연신 장난기 어린 얼굴 표정으로 그 곁을 지키고 있었다.

"근데 나 뉴욕엔 방학 때만 잠깐씩 가 있었고 주로 플로리다에 있었는데. 아빠 군사 기지가 플로리다에 있어가지고."

"아, 그래? 어쩐지 딱 플로리다 그 느낌도 나더라니. 내가 말을 안 해서 그렇지. 안 그러냐, 영재야?"

"형, 그만하세요. 창피해요."

"야, 뭐가 창피해! 너 플로리다 몰라? 그 마이애미 비치 있고 하는데 있잖아, 거기."

"누나, 근데 플로리다가 어디 있는 거예요?"

"인제 형 말이 맞아. 마이애미 비치도 있지. 미국 남동부에 있는 주야. 해변이랑 오렌지 유명하고 악어 많이 나오고, 뭐 그런 동네야."

"거봐, 맞잖아. 영재 넌 형 말을 안 믿냐?"

진수는 평소 살뜰하게 챙겼던 두 동생 녀석들이 이렇게 미워 보일 수가 없다. 제시와 진중하게 대화를 나누고 싶은 마음을 모르는 건지 자꾸 쓸데없는 말들로 훼방을 논다. 그렇지 않아도 조용하고 소심한 성격의 진수인데 동생들의 대화 중간에 치고 들어갈 틈이 도저히 보이질 않았다.

"그래서, 진수 형은 캐나다 어디냐고?"

듣다 못한 제시가 다시 화제 전환을 시켜주지 않았더라면 진수는 내심 서운했을 분위기였다.

"어, 난 런던에 있었어."

"런던?"

"런던은 영국 아니에요?"

지금껏 진수가 만나 온 사람들 중에 런던이라는 지명이 캐나다에도 있다는 사실을 아는 이는 세 손가락 안에 꼽힐 정도로 드물었다. 예상했던 되물음이었기에 별로 놀랍진 않았으나 왠지 오늘 만큼은 설명하기가 창피하고 짜증이 났다.

"나 이거 몇 번째 설명하는 건지 모르겠다. 캐나다에도 런던이라는 도시가 있어. 사람들 많이 모르는데, 온타리오

주에 있는 그냥 작은 시골 같은 데야."

"오…… 나도 몰랐는데? 캐나다에 그런 데가 있구나. 난 캐나다는 친구들이랑 퀘벡 쪽으로 스키 타러 가본 적은 몇 번 있었는데 런던은 처음 들어봐."

못 미더운 듯 옆에서 휴대폰을 꺼내 바로 검색을 해 보던 영재는 이내 신기하다는 듯 큰 소리를 냈다.

"진짜 있네! 캐나다 런던이라고 치니까 나오는데요?"

"그럼 내가 없는 얘기 하겠냐? 참, 사람을 못 믿고 그러냐들."

"오…… 대박! 신기하네요, 이거 진짜. 런던이 영국에만 있는 게 아니었네."

"이거 아는 사람 진짜 별로 없다니깐. 내가 런던 갔다 왔다고 하면 백퍼 다 영국 갔다 온 줄 알아서 물가 비싼데 힘들었겠다고 다들 그 소리 하더라고. 캐나다 달러라서 미국이나 영국보다 더 싼데도 말이야."

"왜, 캐나다 달러도 무시 못 하지. 그럼 형은 거기서 일 년만 있다가 온 거야?"

"어. 그냥 어학연수 하러 갔었던 거야. 일 년 있다가 바로 왔어. 근데 얘가 자꾸 유학파 출신이라고 사람들한테 말하고 다녀서…… 아, 정말……."

번데기 앞에서 주름잡는다는 표현이 이럴 때 어울리는

말일까. 진수는 제시 앞에서 외국 생활 얘기를 하려니 자꾸 얼굴이 달아오르는 창피함이 느껴지는 것 같았다. 고작 당시 또래 친구들의 유행이라고도 할 수 있었던 어학연수를 일 년 남짓 하고 돌아왔을 뿐인데 말이다. 그나마 제시가 뒷마무리를 잘 해주지 않았더라면 더한 부끄러움을 느꼈을 지도 모를 일이었다.

"왜 그래, 형. 어학연수 일 년 하고 온 것도 유학 갔다 온 건 맞는 말이지. 그래도 못 가는 사람들이 더 많을 텐데 대단한 거지. 안 그래?"

순간 진수는 넉넉하지 못한 살림에도 자신을 믿고 외국으로 공부를 보내준 가족들이 새삼 고맙게 느껴졌다. 그 덕에 동료들과 어울려 대화를 주도해 나가며 관심을 받을 수 있었으니 말이다. 혼자 지낼 땐 상상도 못했을 일이니, 나이 사십이 넘어 여전히 많은 것들을 배워 나가는 중이었다.

"제시는 음악 좋아하는가 보네?"

제시의 지게차 위에 놓인 보랏빛 휴대폰에선 연신 음악이 흘러나오고 있었다. 이야기에 심취하느라 잘 들리지 않았던 노랫소리가 제법 크게 들려질 무렵 다른 이야기 거리를 찾고 있던 인제가 화제 전환을 시도했다.

"진수 형이 음반 가게도 하잖아. 형님, 옛날에 음악 했다고 하지 않았어요?"

"어머, 정말? 무슨 음악?"

"그냥 옛날에 대학 다닐 때 언더에서 클럽 공연 잠깐 했었는데…… 잘 안됐어."

진수는 제시의 호기심 어린 질문에 자신 있게 답하지 못하는 자신의 모습에 순간 의기소침해 졌다. 지나간 과거, 자신의 행동에 후회는 없었지만 별 도움이 되질 못하는 기억일 뿐이었다.

"낮에 장사하는 것도 잘 안 되고 해서 여기 나오는 거지, 뭐."

"다들 그렇죠, 뭐. 형님, 여기 투잡하는 사람들 많은 거 알잖아요. 다들 잘 나가면 밤에 여기 왜 나오겠어요?"

"뭐, 그렇긴 하지."

"난 그래도 음악 하는 사람들 좋더라. 멋있어 보이고. 형, 대단한데?"

"어렸을 때 멋모르고 잠깐 한 거지, 뭐. 전문적으로 한 건 아니었으니깐. 근데 제시는 팝송 좋아하나 봐? 계속 팝 음악만 나오는 거 같은데."

"응. 난 이런 올드 팝이 좋더라고. 뭔가 분위기 있잖아. 맘도 편해지고."

"맞아. 옛날 노래가 좋아."

제시가 휴대폰을 만져 소리를 키웠다. 오래 전 어디선가 많이 흘러 나왔었던 잔잔한 팝 음악이 적막한 공간을 채워 가고 있었다. 누가 뭐라 하지도 않았건만 모두들 시선을 허공에 맡겨둔 채 잠깐의 고요함에 묻혀 노래를 감상하는 사치를 누려본다.

"그러고 보니 누나는 음악 들으면서 일할 때 많더라고요. 그러다 걸리면 뭐라 할 텐데."

"조장님한테는 얘기 했는데? 음악 좀 들으면서 지게차 타겠다고."

"그래요? 근데 뭐라 안 해요?"

"응. 본사 관리자들한테만 걸리지 말라고 하더라고. 나중에 말 나오니까 본사 사람들 보이면 바로 끄라고 해서 알았다고 했지."

"우리가 그랬으면 바로 뭐라 했을 텐데 누나는 열외네."

"그래? 난 또 그런 거 생각해 본 적은 없네. 근데 그때 누구도 음악 들으면서 타는 거 같던데."

"가끔 몇 명 있어, 음악 들으면서 타는 애들. 근데 음악 켜놓고 타면 지게차 타는데 방해 되지 않아? 좀 위험할 거 같은데."

"그래도 음악 들으면서 일하면 지루하지도 않고 기분도 좋아지고 하니깐 그냥 틀어놓는 거지, 뭐. 졸리니까 잠도 깰 수 있고. 근데 난 크게는 안 틀어. 그때 보니까 어느 형은 노래 엄청 크게 틀어 놓고 타더만."

"그래도 조심해. 그것도 언제 한 번 걸리면 크게 문제 될 수도 있다. 안전 운행에 방해되는 것도 사실이잖아. 그러다가 우리 안전화랑 안전모 써야 되는 것처럼 핸드폰 사용 금지 같은 거 생길 수도 있어."

"핸드폰 못 쓰게 한다고 우리가 안 쓰나요? 다 몰래 사용하는 거지. 전 안전모 여기 이렇게 갖고만 다니다 본사 관리자들 보이면 그때만 잠깐 쓰고 다시 벗잖아요. 이걸 일하면서 어떻게 계속 쓰고 일해, 번거롭게."

"그냥 하루하루 피해 다니면서 버티는 거죠, 뭐."

한 번 터진 수다에 시간 가는 줄 모르고 떠들고 있노라니 저 멀리서 누군가 무리를 주시하고 있는 것 같은 눈길이 느껴진다. 거리가 멀어 확실히 보이지는 않았지만 평소 낯익었던 실루엣으로 보아 본사에서 파견 나와 있는 관리자 중의 한 명인 듯했다.

"야, 저기 본사 관리자 있다. 이제 그만 흩어져서 일하자."

영재와 인제, 진수 그리고 제시는 누가 먼저랄 것도 없이 일사불란하게 서로 갈 길을 찾아 지게차를 몰고 사라져 간다. 평소 현장 관리자들에겐 제법 강경하게 행동했던 인제도 본사 관리자들에게 만큼은 잘못 보이고 싶지 않은 마음인 것 같았다. 그도 그럴 것이 본사 관리자들의 말 한마디에 물류센터 내 대부분의 것들이 좌지우지되곤 했으니 그들에게 찍혀서 좋을 건 전혀 없었다. 그리고 현장에서 뭔가 문제점이 발생했을 때 본사 관리자들은 현장 관리자들을 통해 경고장을 발부, 세 번의 경고장이 누적되면 강제로 퇴사를 당하게 되는 사내 규정도 무시 못했기에 인사고과를 위해서라도 그들의 시선은 피해 다니는 것이 정신건강에 이로웠다.

영재를 포함한 그의 동료들은 비록 일정 기간 동안의 계약으로 맺어진 비정규직의 신분이긴 했으나, 가정으로 돌아가면 누군가의 가장이었고 누군가의 자식이었으며 누군가의 생계를 책임져야 하는 신분이었다. 두 어깨에 막중한 임무를 지운 채 무거운 삶을 영유하는 노동자들은 그렇게 오늘 하루도 버티며 살아가고 있었다.

금일 영재는 근무 시작과 동시에 분위기가 심상치 않음을 느낀다. 뭔가 또 부산하다. 오늘 낮 시간에 중요 손님들이 물류센터를 방문한다 해서 어제 퇴근 전 부랴부랴 한바탕 대청소를 했건만 들려오는 소리엔 낮에 아무 일도 없었다고 한다. 항상 겪어 왔던 여느 때처럼 말이다. 벌써 몇 번째인지 생각하기조차 의미 없어짐을 느낀다.

그런데 오늘 출근하면서 눈에 들어온 물류센터 외부와

내부의 모습은 어딘지 모르게 정갈하고 질서 있게 보였다. 비단 어제의 대청소 때문만은 아닌 것 같았다. 평소 사용하지 않아 아무렇게나 어지럽게 처박혀 있던 물건이나 비품들도 깔끔하게 정리 정돈되어 있었고 뭔가 가지런하고 차분한 분위기가 감돌았다.

'오늘 뭔 일이 있으려나?'

영재는 출근부에 사인을 한 뒤 지게차 사원들이 모이는 곳으로 이동했다.

예정된 조회 시간에 지게차 조장이 보이질 않는다. 오늘은 지게차 조장의 휴무일도 아니었고 평소 조회가 없거나 조금 늦어질라치면 항상 단톡방을 통해 공지를 해오던 차라 조회를 위해 모여 있던 지게차 사원들이 술렁이기 시작했다.

"오늘 조회 없나?"

"오늘 조장님 출근 안했냐?"

"아까 2층에서 회의실 들어가는 거 같던데요?"

"아, 어쩌라는 거야. 뭐라고 말이라도 해주고 가던지."

"누구 연락 받은 사람 없어?"

"일 시작하려면 아직 몇 분 더 남았으니까 조금만 더 기다려 보죠."

"이 양반이 바람났나. 시간은 지켜야지. 시급 받아먹고 사는 사람들이.”

“그냥 조장님 오실 때까지 여기서 이러고 기다리고 있으면 안 되나요?”

“저는 오늘 3층 근무라 그냥 먼저 내려갈게요. 고생들 하세요.”

십 분이 채 되지 않는 짧은 시간 속에 서로의 다양한 의견들이 펼쳐지는 가운데 이윽고 저 멀리 지게차 조장의 여유로운 걸음걸이가 눈에 들어온다.

“아이고…… 미안, 미안.”

지게차 조장은 대열에 합류하자마자 왼쪽 팔목을 들어 시계를 확인해 본다. 업무 시작 시간인 오후 7시를 이제 막 넘기려는 차였다.

“다 모였나? 아까 한 명 내려가는 거 봤고…… 하나 둘 셋 넷…… 그럼 다 모인 거지?”

보통 업무가 시작되는 시각 전에는 각자 그날 맡은 포지션으로 이동해 업무 시작과 동시에 어떠한 움직임이라도 보여야 했다. 그렇지 않으면 또 본사 관리자들에 의해 한 소리를 듣곤 한다. 그렇기에 오늘 같은 경우는 예외적인 특별한 날이었다. 무슨 긴급한 전달 사항이 있는 듯 보였다.

“자, 시간 없으니까 짧게 할게. 오늘 낮에 VIP들 방문한다고 해서 어제 우리 대청소 했었잖아? 뭐 다들 알다시피 연례행사이긴 하지만. 근데 VIP들이 스케줄 때문에 이따 저녁때 오기로 연기가 됐나봐. 그래서 주간조가 퇴근하기 전에 대청소를 다시 했다는데…… 둘러보면 좀 깨끗하지? 많이 깨끗해졌어. 근데 주간 애들이 또 시비를 거네. 어제 우리가 청소했는데 전혀 깨끗하지 않았다고 본사 애들한테 보고가 들어 갔나봐. 그래서 우리한테 또 뭐라 하는데…… 그건 됐고, 암튼. 이따가 VIP들이 언제 올지 모르겠는데 우리 근무하는 거 지켜볼 수도 있다니까. 다들 말 안 해도 알지? 불미스러운 일 없게 알아서 행동들 잘 하고. 이제 우린 뭐 익숙하니까, 그치? 어디 보자…… 지금 시간이 7시가 넘었으니까, 이제 이동해서 각자 업무 시작하자. 질문 없지?"

기대치가 높았던 때문이었을까. 뭔가 특별한 걸 기대했던 영재는 고작 회사의 높은 사람들이 견학 온다고 이 야단을 떠는 모습이 어딘지 모르게 측은하게 느껴져 김이 빠지는 느낌이었다. 회사의 일원이었던 덕수가 근무 중 다쳐 위중했을 때에도 이 정도의 대우를 해주지는 않았었는데 그런 생각은 너무 과한 욕심인 걸까. 그들에겐 오직 VIP들의 일거수일투족이 더욱 중요한 문제로 생각되어지는 것 같았다. 영재는 그저 아쉬운 마음뿐이었다.

업무를 시작한 지 30분이나 지났을까. 매일 업무 시작과 동시에 근래 유난히 5층에서 순찰을 돌곤 했던 본사 관리자 한 명이 전화를 받고 황급히 어디론가 뛰어 내려가는 모습이 보였다. 그리고 잠시 뒤, 정말로 한 무리의 사람들이 5층으로 올라왔다. 이전에 간간이 봐 왔던 방문객들과는 확연히 차이가 나는 비주얼이었고 사람 수도 번잡할 정도로 많았다. VIP들이었다.

VIP들은 우르르 몰려다니며 5층 한 쪽 구석에서 열심히 운행 중인 FT봇1 앞에 열을 짓고 한참을 서서 감상하며 대화를 나눈다.

평소와는 사뭇 다른 엄숙한 분위기에 궁금증이 발동한 영재는 조금이라도 가까운 거리에서 그들을 보기 위해 지게차를 움직여 그들 곁으로 다가갔다. 그러자 무리 중 검은 양복을 입은 사람 두어 명이 영재를 제지했다. 분위기로 보아 경호원인 듯했다.

"저, 저기 가서 가져올 물건이 있어서 그러는데요?"

"지금 접근 못하십니다."

검은 양복 사내의 단호하고도 건조한 반응에 다시 대꾸를 할 차에 몇 걸음 옆에서 지켜보고 있던 지게차 조장이 빠른 걸음으로 다가와 거들었다.

"영재야, 좀 있다가 다시 와. 지금 여기 VIP들 계셔서 그러니까 다른 거 먼저 해라."

"네……."

영재는 지게차를 멀찍이 물러내고 가만히 지게차에 기대어 그들 무리를 살펴봤다.

대략 20명 정도는 족히 되어 보이는 그룹이었다. 일단 가장 뒤 쪽으로는 경호원으로 보이는 검은 양복의 건장한 사내 세 명이 단단한 모습으로 주변을 두리번거리며 서 있었고, 안경을 낀 한 남성은 연신 전화기로 통화를 하며 그 옆을 서성대고 있었다. 비서로 보이는 듯한 여성 두 명은 잘 차려입은 비즈니스 옷차림에 각자의 서류봉투를 손에 들고 남성들의 무리 바로 뒤편에 서 있었다. 그리고 맨 앞쪽에서는 각종 미디어에서 늘상 보아왔던 회사 대표가 바로 옆의 나이 든 남성 두 명에게 연신 무언가를 손짓하며 설명을 하고 있었다. 그들 바로 뒤에 많은 수의 사람들이 둘러싸여 있어 자세히 보이지는 않았지만 그 나이 든 두 사람은 굉장히 중요한 사람들인 것만큼은 확실해 보였다. 군복을 입은 군 장성들도 두 명이나 보였지만 모자와 어깨 위에 놓인 별의 개수까지는 세어지지가 않았다. 회사 대표 바로 옆에서 어쩔 줄 몰라 하며 잔뜩 경직되어 서 있는 센터장의 모습 또한 사람들이 움직일 때마다 그 사이사이로 어렴풋이 볼 수가 있었다.

'와…… 장관이네.'

영재는 살면서 TV 뉴스 혹은 드라마에서나 봐 왔던 장면을 눈앞에서 목격한 뒤 혼자 이렇게 생각했다. 하지만 그들이 멋있다거나 부럽다거나 하는 생각이 들지는 않았다. 그들 역시 영재처럼 각자의 위치에서 각자의 업무를 충실히 이행하고 있는 중이었을 것이다. 그뿐이라고 생각했다.

십오 분 정도 그렇게 모여 있었을 것이다. 대표를 포함한 선두 세 명이 방향을 틀어 내려가는 승객용 엘리베이터로 향한다. 그러자 뒤따르는 모든 사람들이 일제히 함께 방향을 달리해 일사분란하게 움직였다. 영재는 그 모습 또한 경이롭게 바라보고 서 있었다. 마치 예전 TV에서 봤던 동물의 왕국에서 힘이 센 수컷 우두머리를 따라 이동하는 한 무리의 검은 동물들 같아 보였다.

5층에서의 볼 일은 끝난 모양새다. 혹시나 누군가 가까이에 있던 영재에게 다가와 TV 뉴스 속 정치인들처럼 업무 중의 고충 등에 대해 말을 걸어봐 주지는 않을까 하는 상상을 잠깐, 아주 잠깐 해봤다. 그리고 얄팍한 기대는 역시나 바로 무너져 내렸다. 그런 건 뉴스 속에서나 볼 수 있는 일인가 보다. 하긴 정치인들과 기업인들은 다르니까. 영재는 그렇게 스스로를 위로 했다. 기업인들의 쇼맨십 부재에 아쉬운 마음만이 남는 순간이었다.

어느덧 무리를 앞질러 센터장의 옆에서 길 안내를 하려는 듯한 제스처의 지게차 조장이 보인다. 어느 샌가 순식간에 센터장 옆자리를 차지하고 함께 걷고 있었다.

"조장님, 가서 일 보세요."

의욕이 너무 앞섰던 것일까. 센터장의 단호함에 짧은 대답을 할 겨를도 없이 90도로 인사를 하며 멋쩍게 제자리에 서 있는 지게차 조장의 모습에 가슴 한 편이 짠해 온다. 동시에 웃음이 나오는 것은 어쩔 수 없는 사람의 간사함인가 보다.

영재가 뒤를 돌아보니 지게차 사원 몇몇이 멀리서 이 광경을 지켜보고 있었다. 영재는 그 중 제일 가까이에 있어 눈에 띄는 인제에게 향했다.

"영재야, 쎈개 까인 거냐?"

"그런 거 같은데요."

"아, 진짜. 쎈개 재는 왜 저러냐? 나이 먹고 창피하지도 않나? 아니 그렇게 잘 보이고 싶은가. 도대체 여기서 얼마나 올라가려고."

"센터장까지는 보고 있지 않을까요? 저 분이라면 충분히 가능할 거 같은데."

"야, 센터장은 아무나 되는 줄 알아? 저 정도 급은 학벌도 있어야 되고 경력도 있어야 되고 줄도 잘 서야 되는 거야."

"그렇죠. 근데 진짜 오늘 대표님이 오셨네요? 처음 있는 일이죠?"

"그럴 걸. 나도 안 올 줄 알았는데 진짜 왔네. 요즘 돌아가는 거 보면 뭔 일이 있긴 있을 모양인가 보다."

"무슨 일이요? 뭔 일 생긴데요?"

"아니, 2층에 꾸며 놓은 것도 그렇고. 재들이 괜히 돈 들여서 그랬을 리가 없잖아? 또 투자받으려고 쇼하는 건가?"

"투자요?"

"너 아까 그 사람들 누군지 아냐?"

"아니요. 누군데요?"

"한 명은 중국에서 온 사람이고 한 명은 어디 대기업 회장이라고 하던데 나도 누군지는 모르겠어. 근데 벌써 딱 봐도 있는 사람들처럼 보이잖아. 사람들 대동하고 온 거 봐."

"그렇구나. 역시 형은 정보통이네요. 안 그래도 저 사람들 누군지 궁금했었는데."

"아무튼 능력도 좋아. 돈 끌어오는 거 보면. 하긴 대표가 하는 일이 돈 끌어오는 거지, 뭐. 안 그러냐?"

"에이, 투자 받지 않고 잘 운영해야 진짜 능력 있는 거죠. 지금 여기 안에서 새는 게 얼만데. 솔직히 관리자들이 교육 좀 잘 시키고 신경 조금만 쓰면 여기서 세이브 되는 거 엄청 많을 걸요? 지금 물건 파손에 도난에 비품이나 포장재 같은 것들 막 갖다 쓰고 개판이잖아요."

"그렇긴 하지. 근데 저 사람들이 그런 걸 알는지 모르겠다. 하긴 그런 거 알면 여기 관리자들 다 잘리겠지. 본사 애들이나 현장 관리자들이나 어디서 멍청한 애들만 데려다 놔가지고. 돈 새 나가는 것도 모르고."

"형님, 똑똑하면 여기 오겠어요? 다른 좋은데 가지. 능력이 안 되니까 여기 와서 먼지 먹으면서 저러고들 있는 거죠."

"야, 그럼 우린 뭐냐? 저 멍청한 애들 지시받으면서 일하고 있잖아."

"우리는 다르죠. 우린 언제든지 다른데 갈 수 있잖아요? 그리고 솔직히 우린 조금이라도 편하게 일하려고 지게차 타는 거잖아요. 물건 막 집어 던지고 파손 나도 아무도 신경 안 쓰고. 얼마나 좋아요? 저는 여기 일하기 너무 좋은데."

"하긴 어딜 가도 이만한데 없긴 하지. 물건 터져도 누가 뭐라고 하는 사람이 있나, 파손 났다고 월급에서 까이길 하나. 여긴 그거 하난 진짜 좋아. 출고 사람들도 보니까 어쩔 땐 레일 태울 때 막 집어 던지고 그러더만."

"그러니까요. 우린 관리자들한테 교육 받은 거 없으니깐 괜찮은 거잖아요."

어느 물류센터가 또 그럴 수 있을까. 영재가 몸담고 있는 이곳은 특히 재고에 관한 사람들의 개념이 거의 전무하다시피 했다. 본사에서 파견되어 앉아있는 사무직 관리자들조차도 재고의 중요성에 대해 아는지 모르는지 현장 관리자들을 통한 교육은 전혀 이루어지지 않는 실정이었다. 오죽하면 용역 업체를 통해 매일 들어오는 단기 사원들에게 이곳은 일하기 편하다는 입소문이 돌아 서로 들어오기 위한 경쟁이 치열하다는 후기가 인터넷에 떠돌아다닐 정도였으니 말이다.

조금이라도 무겁다 싶으면 가전제품, 유리제품 할 것 없이 집어 던지면 그만이다. 혹여 파손이라도 난다 치면 그 자리에 그냥 두고 다른 같은 물건을 집어 들면 그만이었다.

최저 시급을 받으며 하루를 생활하는 노동자들은 몸이 재산이었다. 몸을 다치거나 아파서 하루 결근을 하게 되면 그날 일당은 지급받지 못하기 때문에 그 만큼 경제적인 손실이 크다는 것을 모두가 너무나 잘 알고 있다. 그렇기 때문에 설령 물건에 상처가 생기더라도 본인 몸이 상하게 되는 상황은 피하려 든다. 모든 것은 돈과 결부된 일이었고 그것은 곧 생존의 문제였다. 누구하나 다르진 않았다. 단기 사원들도 일반 사원들도 그리고 현장의 관리자들까지도.

물론 분명히 그들 중 남들보다 더 많은 땀을 흘리며 정직하게 근무하는 사람들도 간혹 눈에 띄었다. 하지만 그렇게 일한다고 그 열정과 정성에 대해 보답해주는 어떠한 보상이 기다려주지는 않았다.

우스갯소리로 물류센터에선 아무리 잘 해야 본전이라는 말이 있다. 그 이상의 투철한 애사심은 오히려 예상치 못한 핀잔과 잔소리로 돌아오기도 했다.

"조장님, 이거 로케이션에서 조회 안 되고 남는 물건인데 어떻게 처리할까요?"

"그냥 있던 자리 그대로 갖다 둬. 주간 애들이 처리하게."

"조장님, 이것도 조회가 전혀 안 돼서 문제 재고 같은데 이건 어떻게 하죠?"

"저기 앞에 아무데나 던져놔. 나중에 관리자들이 처리할 거야."

"네."

들어온 지 얼마 되지 않은 지게차 사원이 열의를 가지고 현장 관리자들에게 묻고 다니지만 돌아오는 대답은 한결 같았다. 아직 이곳의 근무 환경에 적응이 필요해 보였다. 그 모습에 취해 옆에서 웃고 있는 고참 지게차 사원들에게 지게차 조장은 한 마디를 던진다.

"쟤는 왜 저러냐? 사람 귀찮게 하네, 참."

현장 관리자들 역시도 신분에 있어서만 비정규직이 아닌 정규직이라는 허울뿐이었지 일반 사원들과 마찬가지로 매 해 계약을 갱신하며 최저 시급을 받는 똑같은 신세였다. 그들의 가슴 속에 투철한 애사심 내지 직업 정신 같은 것들은 애초에 자리를 잡을 수 없는 구조였던 것이다. 그저 오늘 하루만 본인 신상에 피해가 가지 않게 넘어가면 다행이었고 누가 감히 넘보지 못하게 내 자리만 계속 지킬 수 있으면 그만이었다.

그래도 그나마 출고 파트의 현장 관리자들은 상황이 조금 나아 보였다. 물건을 찾지 못하면 그날 소비자들에게 배송될 물량에 차질이 생기기 때문에 재고 관념에 대해선 보다 신중한 편이었다. 하지만 입고 파트 현장 관리자들은 당일 입고되는 물건의 수량에만 집중하기에 재고에 대한 개념이 확실히 떨어져 보였다. 상품이 제자리에 없어 출고되지 못하는 건 자신들의 책임이 아니었기 때문이다. 출고 관리자들이 그날 출고시킬 물건을 찾기 위해 발바닥에 불이 나게 뛰어다녀도 입고 관리자들은 느긋하게 농담 따먹기에 집중할 수 있는 이유도 그러한 연유에서일 것이었다.

물류센터 내에선 상대방을 배려하고 상호 소통하는 일련의 과정은 생략되어진 채 서로 책임을 전가하며 으르렁대기 바쁜 모양새가 1년 365일 연출되어 진다. 그리고 그러한 모습들에 사원들은 점점 동화되고 적응하며 또 익숙해진다.

영재가 지금까지 다녀왔고 보아왔고 들어왔던 그 어떤 물류센터에서도 입고 파트와 출고 파트 사람들 간에 사이좋게 협업을 하며 지내는 경우는 단 한 번도 겪어 보질 못했다. 같이 땀 흘리며 힘들게 일을 하는 사람들끼리 서로 왜들 그러는 건지 참 아이러니한 일이 아닐 수 없었지만, 세상은 그랬다.

엘리베이터의 문이 열려져 있다. 언제 돌아올지 모르는 신 회장 일행을 위해 무리의 직원 중 한 명이 5층에서 이미 한참 전부터 열림 버튼을 누르고 있던 엘리베이터였다.

신 회장과 VIP 두 명 그리고 물류센터 안내를 맡은 센터장 이렇게 단 네 명만이 정원 14명의 엘리베이터에 올랐다. 나머지 수행 직원들은 길게 늘어서 그 모습을 조심히 바라보며 간단한 목례를 한다. 그리고는 엘리베이터 문이 닫힘을 확인함과 동시에 바로 옆 계단으로 우르르 바쁘게 서둘렀다. 이 모든 일련의 과정들이 그들 모두에게는 너무나 익숙한 듯 자연스럽게 행동되어지고 받아들여졌다.

5층에서 아래층으로 통하는 비상계단 안 한적한 공간들은 순식간에 여러 사람들의 구두 발소리로 뒤엉켜 가득 채

워졌다. 그들은 모시고 있는 보스가 전혀 불편함을 느끼지 못하도록 바로 뒤를 따라야 했다. 엘리베이터와 경쟁을 벌이는, 촌각을 다투는 일이었다. 빡세다. 그렇지만 숨이 찬 기색을 보여서도 안 되었다.

2층에 도착하자 센터장은 신 회장 일행을 중이층으로 이동하는 엘리베이터로 안내했다. 그 간 허둥지둥 공사를 마무리해 놓은 것이 빛을 발하는 순간이었다.

특별히 설치된 엘리베이터는 평소 누구도 사용할 수 없었기에 다행히 제 위치에서 신 회장 일행을 맞이해 주었다. 간이 엘리베이터였기에 정원이 14명은 아니었으나 이번에도 역시 탑승 인원은 네 명뿐이었다. 나머지 수행원들은 알아서 바로 옆에 위치한 투박한 철제 계단으로 발을 올려야 했다. 몇 걸음 되지 않는 짧은 계단이었지만 사람들의 줄이어진 발걸음 소리에 제법 요란스런 공기가 2층 공간에 울려 퍼졌다.

신 회장의 VIP 일행은 2층에서 한 시간 남짓 시간을 보내다 돌아갔다. 5층에 설치되어진 FT봇1 견학을 제외한 물류센터 내부를 둘러보는 일은 없었다. 현장에서 입·출고 사원들이 무슨 일을 어떻게 하는지, 지게차 사원들이 안전모와 안전화를 제대로 갖추고 어떤 일을 하는지 살펴보는 일 역시 일어나지 않았다.

그들은 그런 것들에 전혀 관심이 없어 보였다.

입고 반장과 지게차 조장이 2층 본사 관리자들이 근무하고 있는 사무실로 호출을 받고 불려 들어갔다. 그리고 한참 후에 나오는 두 사람의 얼굴 표정은 일그러져 있었다.

“인제 얘가 자꾸 말썽인거 같은데 지게차를 입고나 출고로 보낼 수도 없고. 우리 선에서 경고장 계속 발부하고 경위서 받아내서 잘라낼까?”

“그러다 인제가 알게 되면 난리 치지 않겠어? 그래도 공식적으로 본사 애들 승인이 나야 우리한테 피해가 안 가지. 걔도 뒤에 노조 업고 있어서 함부로 건드리면 오히려 역으로 당한다? 조심해야 돼. 근데 인제가 그러는 게 확실해? 걔가 주도해서 그렇다는 증거도 없잖아?”

“걔가 맞다니까. 애들 앞에서 내가 하는 말에 매번 꼬박꼬박 토 달고 나도 걔 때문에 피곤해. 언제 한 번 손은 봐야 하는데 말이야.”

“형, 일 부풀리지 말고 그냥 일단 살살 달래가면서 데리고 있어봐. 어차피 계약 갱신할 때 위에다 얘기해서 계약 안 시켜주면 알아서 나갈 거 아니야? 그러는 게 좋을 거 같은데.”

“아니야, 저런 애는 빨리 없애는 게 나아. 다른 애들까지 물들어.”

“나는 모르겠다. 내가 볼 땐 애들마다 능력치가 다르니깐 지게차 잘 타서 일 빨리 끝나는 애들은 좀 잠깐 쉬기도 하고 그런 건 문제없다고 보는데. 위에선 저렇게 난리고 애들은 말 안 듣고 나보고 어쩌라는 건지 정말 힘들다.”

“내가 방안을 한 번 생각해 볼게.”

“그래. 지게차 일이니까 형이 알아서 해.”

무책임한 대답이었다. 물류센터 입고 파트의 공식적인 현장 총괄을 맡고 있는 사람은 입고 반장이었지만 무언가 결정을 내야 하는 사항에는 항상 지게차 조장이 관여했고 거의 모든 일이 그에 따라 마무리 됐다.

아무리 두 사람이 오래전부터 서로 의지하며 친하게 지내온 형·동생 사이였고 입고 반장의 나이가 한 살 어리다고는 하지만 입고 반장의 존재감은 늘 지게차 조장의 카리스마에 가려져 있었다. 그러한 점은 이미 물류센터 내 알만한 사람들에게는 다 알려져 있었던 사실이기도 했다. 거기엔 항상 자신은 피해를 보지 않으려고만 하고 무슨 일이 생기면 책임을 회피하려 잔머리를 줄기차게 굴려대는 입고 반장의 개인적인 성향도 한 몫을 했을 것이었다. 하지만 그건 업무를 총괄하는 사람의 바람직한 자세는 아니었다. 모르는 것 같지만 밑에 사원들은 그 점에 대해서 이미 다들 잘 알고 있었다. 드러내지 않았을 뿐 뒤에서 수군거리고 비웃는 사람들이 태반이었던 것이다. 단지 업무상의 불이익이나 피해를 보지 않기 위해 겉으로는 다들 쉬쉬하는 것뿐이었다.

다른 여타의 일터도 마찬가지이겠지만 특히나 이곳은 본인의 신상에 관한 일은 본인이 알아서 스스로 챙겨야 하는 곳이었다. 비록 정이 없어 보이고 가끔은 비열하기도 했지만 어쩔 수 없는 선택이었다. 삶의 마지막까지 밀려난 사람들이 살아남기 위해서는 말이다.

물류센터는 그런 차가운 곳이었다.

도난

"자, 조회 시작하자. 안 온 사람 없지? 오늘 전달 사항 얘기해줄게. 내일부터 우리 지게차 사원 한 명 다시 충원될 거야. 얼마 전에 들어온 친구 그만 둔 후로 그 동안 사람이 안 구해져서 한 명 티오를 계속 안고 갔었는데 내일 한 명 오기로 했어. 낮에 면접보고 갔다니까 별 일 없으면 내일 출근하겠지. 암튼, 그동안 사람 한 명 비어서 고생들 많았는데 내일부터는 인원이 풀로 차니까 좀 나아지겠지? 오늘도…… 가만있어 보자…… 한 명이 연차 냈으니까 좀 빠듯하겠네. 그동안 연차들도 자유롭게 못 쓰고 고생했는데 오늘 하루만 더 고생하자. 내일 오는 사람은 지게차도 잘 타고 오래 있는 다니까 도움이 좀 되겠지."

"조장님, 내일 누구 오는 거예요?"

"나도 아직 못 봤어. 얘기만 들은 거지. 주간에서 면접 봤는가 봐."

"혹시 몇 살인지는 아세요?"

"나이는, 그…… 서른아홉인가 그렇다는데? 왜?"

"그럼, 맞네."

"뭐가?"

지게차 사원들의 호기심에 여기저기서 각자의 추리력과 정보력이 더해져 팩트를 양산해 낸다.

"내일 병욱이 들어온다는데?"

"병욱? 그, 옛날에 출고에서 일했던 병욱 씨? 그 사람이 지게차로 온다고요?"

"니들 아는 사람이야?"

"네. 예전에 여기 처음 오픈했을 때 출고 쪽에서 일했던 애 있어요. 걔 또라인데. 오면 안 될 거 같은데요? 여기 물 흐릴 텐데."

"그 사람이 출고 반장 친구라면서요?"

"그럴 거예요. 둘이 원래 친구 사이로 동반 입사해서 초반에 출고에서 같이 일하다가 힘들다고 나갔는데…… 암튼, 얘기가 좀 길어서 지금 조회하니까 나중에 말씀 드릴게요. 근데 다른 데서 지게차를 배웠나 보네. 그때는 지게차 아니었는데."

"그래. 자, 자…… 암튼 내일 온다니까 봐서 뭐 아니다싶으면 본인이 또 나가겠지? 어쨌든 이번엔 위에서 뽑아준

거니까 한 번 지켜보자고."

"위에서 뽑아준 거라고요?"

"지게차가 계속 안 구해지니까 본사 애들이 직접 데려왔더라고."

"출고 반장이 꽂았네. 아…… 이거 안 되는데. 지게차 정보 다 새 나갈 텐데……."

이곳 물류센터가 오픈했을 당시부터 계속 근무하고 있는 고참 지게차 사원 몇몇은 이곳의 살아있는 역사였다. 말 그대로 그 동안의 변화 과정을 계속해서 지켜봐왔고 또 그 흐름에 동참해 지금까지 살아남을 수 있었다. 그들은 이곳뿐만이 아닌 주변 물류센터들의 동향에 관해 물어봐도 모르는 것이 거의 없을 정도로 빠삭한 정보통 같은 존재들이었다.

정말 모르는 건지 모르는 척 하는 것인지 지게차 조장은 평상시 곤란한 상황에 처했을 때마다 짓곤 했던 전혀 모르겠다는 완벽한 얼굴 표정으로 눈을 껌벅거렸다.

"아, 그리고 며칠 전에 5층에서 모여서 수다 떨다가 본사 관리자한테 걸린 사람들 누구누구야?"

지게차 조장의 갑작스런 질문에 갑자기 현장이 조용해진다. 모여 있던 지게차 사원들 누구 하나 선불리 나서는 사람 없이 서로가 눈치만을 살피며 서 있을 뿐이었다.

폭풍 전야의 적막함이 감도는 듯했다. 모두들 누구나 한 번쯤은 그랬던 적이 있었기에 선뜻 나서지 못하는 것인지 아니면 본인은 본인의 행동에 대해 그렇게 생각하지 않는다는 것인지는 모르겠으나 여전히 다들 오리무중이다.

이럴 땐 항상 그랬듯 인제가 총대를 멘다.

"언제 말씀하시는 거예요?"

"한 이삼일 됐나? 저기 중간 쪽에서 네 명 정도 모여서 웃고 떠들고 있는 거 한참을 지켜보다 갔다는데?"

인제가 얼굴에 미세하게 인상을 찌푸리며 진수를 바라본다. 이번엔 인제의 얼굴 표정으로 분위기를 눈치 챈 영재가 먼저 나섰다.

"조장님, 그거 저희들 말하는 거 같은데요?"

"누구?"

라는 말과 함께 지게차 조장은 그날의 세 명 얼굴을 콕 집어 차례대로 훑어보고 있었다. 아직 누구도 대답하지 않았는데도 말이다.

지게차 조장과 눈이 마주친 인제는 다시 대답하려는 영재의 말을 가로채 변론에 나서본다.

"아니, 저희 네 명 모여서 잠깐 얘기한 건 맞는데 할 거 다 끝내고 잠깐 짬나서 한 십분 얘기한 것도 뭐라 그래요?"

"십 분이 아니었대. 본사 관리자 말에 의하면 이삼십 분 정도 계속 떠들고 있길래 자기가 뒤에서 계속 지켜보고 있었다는 거야. 그런대도 계속 떠들고 있더래. 그래서 이거 좀 너무한 거 아니냐고 하더라."

"와…… 진짜. 무슨…… 아니, 그럼 계속 기계처럼 쉬지 말고 일만 하라는 건가? 참, 나."

"재네들은 그래. 재네들은 현장에서 기계처럼 일하길 바라지. 그래서 항상 문제가 생기는 거잖아. 하여간 그래서 경고장 발부한다는 거 내가 다시 한 번 주의 준다 하고 무마했으니까 신경들 좀 쓰자. 요즘 본사에서 높은 사람들 매일 왔다 갔다 해서 재들도 신경이 부쩍 예민해졌나봐. 자, 일단 그렇게들 알고. 업무 시작. 아, 그러고 요즘 들어 물건이 많이 없어진다고 내일부터 각 출입구마다 보안 검색대 설치할 예정이라니까, 이건 그냥 알고만 있어. 세부사항 나오면 다시 알려줄 테니까."

기분이 더럽다. 조회를 마치고 지게차로 이동하는 걸음에 인제와 진수, 영재는 또다시 폭풍 불꽃 논쟁을 벌인다.

"아니, 무슨 변태새끼도 아니고 뒤에서 이삼십 분을 지켜보고 있었다는 게 참 어이가 없네. 차라리 와서 뭐라고 하던가. 진짜 본사 관리자 새끼들 일적인거나 그렇게 관찰하고 다니지 누가 일하고 안하고 그런 걸 숨어서 보고 다니냐. 여기 지금 일적으로 개판인 게 얼마나 많은데 그런 거 바로잡을 생각은 안하고…… 와…… 할 말이 없다, 진짜.”

“그날 본사 관리자 보여서 우리 바로 흩어진 건데 그럼 그 전에 숨어서 그걸 계속 보고 있었단 소리네? 야, 소름 돋는다. 카메라 없는 데는 이제 직접 돌아다니는 모양이구나.”

“요즘에 높은 사람들 온다고 이거저거 점검한다고 다니다가 운 없게 우리가 보인 거겠죠. 저 사람들도 할 일이 있을 텐데 설마 우리들 일 하고 있는지 감시하러 돌아다니겠어요?”

“야, 쟤네는 충분히 그러고도 남을 애들이야. 지금까지 하는 거 보면 몰라?”

“그래도 제시 누나 없을 때 말 나와서 다행이네요.”

“그것도 열 받아. 일부러 제시 쉬는 날 말 꺼내는 거 봐라. 제시한테는 싫은 소리 하기 싫고 듣기도 싫은 거겠지. 좋은 관리자로만 보이고 싶은 거야. 우리한테만 지랄이야. 저 사람은 항상 그래 왔잖아.”

“그럼 제시 누나 때문에 우리 경고 안 받은 건가?”

“그건 아니고, 내 생각에 지금 이거 가지고 본사 애들이 경고장 얘기 꺼내진 않았을 거 같고, 자기가 경고장 막아줬다고 으스댈라고 하는 거야. 내가 이렇게 해 줬으니깐 니들 내 말 잘 들어야 한다, 뭐 이런 거지. 안 그래요, 형님?”

“야, 어쨌든 우리가 잘못한건 맞는 말이니까 됐고, 앞으론 좀 조심하자."

"잘못한 것도 잘못한 건데, 아, 좀 그렇잖아요. 그럼 우리만 조용히 불러내서 주의를 주던가. 조회 시간에 사람들 다 있는데서 그래버리면 우리가 뭐가 돼요?"

"그러니까 내가 볼 때 센개는 지금 바로 그거 노리고 그러는 거니까 우리가 조심하는 수밖에 없잖아."

"형님들, 얼른 가시죠. 이러다 또 눈에 띄면 불려가요."

"아…… 나 진짜 이래 저래 열 받아 더러워서 못해 먹겠네. 그냥 2층 사무실 쫓아가서 확 질러 버릴까 보다."

"인제야, 그럼 너만 손해인 거 알지? 얼른 가자."

다음날이 되자 물류센터 내 모든 출입구에는 공항에서나 사용되어질 법한 X-Ray 검색대가 놓여졌다. 제법 그럴듯해 보였다. 검색대가 보이는 것만으로도 충분히 심리적인 위축이 가해질 수 있었다. 출입문 옆에는 보안 회사 계약 문제와 X-Ray 기계 작동의 안정화를 위해 일주일 후부터 본격적인 센터 내 출입 보안 검색이 강화될 것이라는 공고문이 크게 붙었다.

영재가 처음 이곳에 입사했을 때 물류센터 내 곳곳에 각종 고가의 물건들이 즐비한데도 센터 출입이 너무나 허술하다는 사실에 놀라곤 했었다. 그리고 몇 년이 지난 지금에 와서, 이제야 출입 보안 강화에 때늦은 노력을 기울이는 모습을 보며 다시 한 번 탄식 섞인 놀라움을 표현하지 않을 수 없었다. 물류센터를 오픈할 때 각종 시설들과 함께 설치되어야 마땅했을 설비가 이제야 가동된다고 하니 혹시 무슨 사연이 있었던 것은 아니었는지도 궁금해지는 순간이었다.

"사연은 무슨 사연이겠냐? 이제야 정신 좀 차리는 거지. 소 잃고 외양간 고친다는 말이 괜히 있겠어? 지금 점점 체계를 만들어 가려고 애쓰는 거 같은데 하는 거 보면 여긴 아직 멀었다."

어제 조회 시간에 병욱에 관한 이야기를 하다가 만 지게차 내 최고참 사원 중 한 명은 비아냥거리며 말을 이어갔다.

"여기 초창기 때 장난 아니었어. 여기 비싼 물건들 다 누가 가져갔을 거 같아? 알바나 사원들도 물론 가져가는 애들 있었겠지만 본사 관리자 애들이 다 가져갔어. 지금도 뭐 딱히 좋아진 건 없는데, 그때는 진짜 개판, 아유…… 개판도 그런 개판이 없었다, 진짜. 그땐 본사 관리자들이 지금보다 엄청 많았거든. 지금의 한 세네 배 정도? 그래서 초기에 지게차 탈 사람이 없어가지고 본사 관리자들이 현장에 나와서 일하면서 지게차도 타고 우리랑 같이 일했었거든. 근데 그 사람들 중에 물건 안 가져간 사람 내가 볼 땐 아마 손가락 안에 꼽을 정도로 거의 없을 걸? 막 도크 아래로 던져놨다가 퇴근할 때 가져가기도 하고 화장실에서 밖으로 던져서 가져가고…… 참 웃기지도 않았다, 진짜."

"화장실에서 물건을 던져요? 어떻게요?"

"저기 일 층 남자 화장실 가면 작은 창문 하나 있잖아. 거기로 물건 던진다니까? 한 명이 던져주면 밖에서 한 명이 받아가지고 가고. 내가 그렇게 하는 거만 한 두 번 정도 목격 했어."

"정말요? 직접 보신 거예요? 아니 거기 창문 열면 틈이 굉장히 작던데 어떻게 물건을 던지지?"

"그 열려진 사이로 다 집어넣는다니까? 막 이렇게 부피 큰 거는 당연히 못 하겠지. 근데 노트북이라든지 뭐 이런 틈 사이로 들어가는 것들은 다 가져가. 내가 내 눈으로 직접 봤다니깐?"

"형이 옆에서 보고 있는데 그걸 그냥 가져가요?"

"그때는 초창기라 어수선하기도 했고 또 워낙 사람들이 많이 왔다 갔다 하고 누가 누군지도 잘 모르고 하니까 별 신경 안 쓰고 가져가더라고. 나도 못 본 척하고 곁눈질로만 보다가 한 번은 나랑 눈이 딱 마주쳤는데 그냥 뒤돌아서 가더라고. 물건 가지고. 그땐 그냥 좀 그랬어."

"와…… 이건 또 새로운 얘기네요. 대단하다, 진짜."

"야, 한 번은 도크 밖에서 지게차 타는데 갑자기 옆에 뭐가 툭 떨어지기에 내려서 봤더니 위에서 창문으로 물건을 집어 던진 거야. 일 층에서 주워갈라고. 그런 적도 있었어. 내가 진짜 여기 있으면서 별의별걸 다 경험했다."

"아니, 그럼 형님도 좀 가져가지 그러셨어요?"

"우리 같은 사람은 심장 떨려서 그런 거 못 한다. 근데 결국 나중에 인원 정리하면서 위에서 알게 됐는지 물건 가져갔던 본사 관리자들 거의 다 잘리고 그랬어. 그리고 지금 보면 입고나 출고 사람들 끼리끼리 모여서 서로 편 갈려서 싸우고 그러잖아? 그런 것처럼 그때는 본사 관리자들이 너무 많으니까 또 지들끼리 파가 나눠져 가지고 막 지지고 볶고 싸우다가 서로 그만들 두고 되게 재밌었지. 그때 들어와서 지금 남아있는 애들 몇 명 없어. 모르긴 몰라도 많이들 해먹었을 거다. 아마 지금도 그럴걸? 얘네가 X-Ray 운영을 어떻게 할지는 모르겠는데 그래도 가져갈 놈은 어떻게든 다 가져간다. 봐라, 이제. 내 말이 틀리나."

본사 관리자들이 다시 보이게 되는 순간이었다. 얘기를 듣고 나니 가끔 현장에 나타나 지휘하며 잘난 척, 똑똑한 척, 정의로운 척 현장 관리자들에게 업무 지시를 내리는 본사 관리자들의 모습이 달리 보였다. 그들도 결국 일반 평사원들과 같이 똑같은 감정을 소비하고 살아가며 사물을 바라보는 같은 심정을 가진 여타의 사람들 중 하나였을 뿐이었다.

똑같은 욕심을 품고 살아가는.

새로운 지게차 사원 병욱은 바삐 돌아가는 이곳에서 제법 빠르게 적응해 가고 있었다. 다른 물류센터들을 돌아다니며 이미 지게차 사원으로서 일을 해왔기에 지게차 타는 실력은 물론이거니와 업무의 흐름을 파악하는 데에도 전혀 문제될 것이 없어 보였다.

다만 같은 지게차 동료들과 함께 어울리려 하기보다는 친구인 출고 반장과 함께 시간을 보내려고 한다는 점은 지게차 조장을 포함한 다른 지게차 사원들에게도 영 거슬리는 점이 아닐 수 없었다.

그도 그럴 것이 출고 반장과 지게차 사원들과는 물류센터 내에서 서로 앙숙인 관계였다. 언제부터였는지는 정확히 모르겠으나 시간이 흐르며 자연스럽게 그런 관계로 형성이 된 듯했다.

엄연히 입고 반장이 있고 지게차 조장이 따로 있는데도 출고 반장은 지게차 사원들이 하는 업무에 시시콜콜 참견하고 관여하려고 하는 모습을 종종 보이곤 했다. 그럴 때마다 지게차 사원들은 개인적으로든 공식적으로든 입고 파트의 반장을 포함한 현장 관리자들에게 어필을 해 봤지만 항상 돌아오는 대답은 알았다는 말뿐이었고 또 그때뿐이었다.

소비자에게 상품을 출고하는 것이 주된 목적인 이커머스 물류센터의 특성상 출고 파트의 영향력은 입고 파트보다 확연히 더 셌다. 그것은 서로가 겉으로 드러내지 않을 뿐 암묵적인 룰과도 같은 것이었다. 그렇기 때문에 입고 파트의 현장 관리자들은 매사 출고 반장의 눈치 살피기에 급급했다. 업무적으로의 원활한 일처리와 아래 사원들을 살펴보는 포용력보다는 일단 본인들 먹고 살아갈 궁리가 앞선 모양새였다. 밑에 사원들은 항상 그 점이 불만이었지만 그러한 점은 질기게도 고쳐지지 않았다. 계속 반복될 뿐이었고 그런 악순환에 결국 사원들은 사기를 잃고 점차 수동적이 되어 가고 있었다. 거기에 더해 영악하고 얍삽하게 사회생활을 할 줄 아는 출고 반장의 처세술까지 더해지고 나니 입고 파트의 현장 관리자들은 도저히 출고 반장의 그 수단을 따라갈 수가 없었다.

출고 반장은 매년 돌아오는 두 번의 명절 때마다 본사 관리자들에게 빠짐없이 명절 선물을 돌렸다. 물론 개인적이고 비공식적인 출고 반장 혼자만의 행동이었지만 그 소문은 이미 물류센터 내에 파다하게 퍼져있어 아는 사람들은 다 아는 공식적인 사실로 박혀있었다. 또한 본인이 밑에 두고 부리는 출고 조장들에게는 한없이 모질게 대하면서도 본사 관리자들의 말 한마디에는 절대로 거역하거나 토를 다는 일 없이 껌벅 죽는 시늉을 하곤 했다. 그들을 위한 무조건적인 예스맨이었으며 상대방의 나이가 많고 적고를 떠나서 본사 관리자들에게는 항상 허리까지 숙여 깍듯이 인사를 하고 다녔다. 어쩔 땐 그 모습이 옆에서 보기에도 꽤나 거북해 왜 저렇게까지 해야 하는 건지라고 생각이 들 정도였다.

하지만 본사 관리자들은 그런 모습의 출고 반장이 싫지는 않았다. 본인에게 딱히 피해를 주지 않고 깍듯이 대해주는 사람을 마다할 사람은 없었다. 팔은 안으로 굽는다는 옛말은 정확히 맞아 떨어졌다.

한 해 두 번의 명절 선물과 비공식적으로 가졌던 출고 반장과의 주기적인 술자리는 그 가치의 귀함과 천함을 떠나 본사 관리자들의 머릿속에 은연 중 좋은 기억으로 자리잡히고 있었다. 그들도 결국엔 같은 사람이었기 때문이다. 술자리에서 온갖 고충이 토로되고 많은 부분의 업무적인 사항이 결정되는 대한민국식 술 문화의 이면을 출고 반장은 십분 잘 활용하고 있었던 것이다.

언젠가 입고 반장은 출고 반장이 입고 파트 사람들이 사용하는 무전을 몰래 듣는 것에 대해 본사 관리자들에게 항의 겸 건의를 해 본 적이 있었다.

"과장님, 이거 너무하는 거 아닙니까? 왜 출고 쪽에서 입고 파트에서 쓰는 무전을 항상 듣고 있나요?"

"무슨 말씀이시죠?"

"출고 반장님이 무전기 두 대 갖다 놓고 하나는 입고 채널에 맞춰놓고 계속 틀어놓는 거 알고는 계시죠?"

"……."

"아니, 저희 쪽 일은 저희가 알아서 하는데 왜 남의 파트 무전을 몰래 듣는지 이거 뭐라고 한 번 해주셔야 하는 거 아닌가요?"

"그거 뭐 별 일도 아닌데요, 뭘. 나중에 얘기하시죠."

입고 반장은 이 한 번의 대화 이후 본사 관리자들을 통해 출고 반장에 대해 이야기한다는 것에 대한 생각을 완전히 접었다.

출고 반장이 은연 중 뿌려놓은 것들이 워낙에 많아 아무리 말을 해 봐야 승산이 없을 거라는 것을 입고 반장도 여러 채널을 통해 이미 어느 정도는 간파하고 있었다. 하지만 이 정도로 심각한 수준이었던 줄은 몰랐던 것이었다. 억울한 마음도 있었고 이유 없이 당하는 것 같아 나름 분한 생각도 들었지만 세상이 흘러가는 모양새는 그랬다.

그냥 순리대로 따르는 편이 그 자리를 지키는 데도 도움을 줄 수 있었고 정신 건강에도 이로운 편이었다. 그렇게 자포자기하는 심정으로 묻어가는 것에 대한 밑에 사원들의 불만어린 눈총은 얼마든지 감당해 낼 수 있었다. 사원들의 일시적인 감정은 주로 일회성인 것들뿐이라 그저 시간이 지나면 해결해 주는 문제들이기 때문이었다. 내일이 오면 바쁜 일상 속에 잊혀져가는 우리 주변 속 흔한 일들처럼 말이다.

출고 반장이 처음부터 그랬던 것은 아니었다.

출고 반장과 병욱은 어릴 적부터 동네에서 함께 커온 초등학교 동창 사이였다. 두 사람은 이곳 물류센터가 생기고 초창기 오픈 멤버로서 출고 파트에서 일을 시작하게 되었다. 하지만 물류가 무엇인지 혹은 어떤 일을 하는지도 모르는 채 무작정 달려들었던 두 사람은 반복되는 고된 작업에 싫증을 느꼈고 무엇 보다 힘들게 몸을 써야 하는 육체적인 피로함을 견뎌내지 못해 결국 반 년 만에 일을 그만두었다. 그리고는 근처에 있던 다른 물류센터에 들어가 어깨 너머로 지게차를 배운 뒤 마침 티오가 생겼던 지게차 사원으로 일을 하게 되었다.

두어 해 별 문제없이 일을 하던 두 사람은 허술했던 당시 물류센터의 출고 시스템을 간파해 고객들에게 출고 될 물건에 손을 대기 시작했다. 그리고 시간이 흐를수록 그 수법과 과정은 점점 대담해져 갔고 꼬리가 길면 밟히듯 마침내 도난 현장이 목격되어 진다. 그래서 현재의 이곳 물류센터로 먼저 쫓겨나다시피 다시 오게 된 사람이 지금의 출고 반장이었던 것이다.

"형님, 그 얘기 좀 해주시면 안돼요?"

"뭔 얘기?"

"왜, 얼마 전 조회 시간에 출고 반장이랑 병욱 씨랑 뭐 무슨 얘기 하시려다 시간 없어서 안 하신 거 있잖아요. 나중에 해주신다고."

"아, 그거? 별거 없어. 뭐가 궁금한데?"

"그때 그, 병욱 씨가 또라이라고 하지 않으셨어요? 왜 그런 건데요?"

"야, 좀 조용히 말해라. 저기 병욱 씨 있어. 다 들릴라."

영재의 목소리가 흥분해 조금씩 커지는 듯하자 옆에 있던 진수가 저만치 서 있는 병욱을 응시하며 조용히 속삭였다.

"아니야, 괜찮아. 재들도 내 성격 알아서 나는 함부로 못 건드려. 내가 옛날에 재네랑 같이 일해 봐서 서로 잘 알지. 별로 친하게 지내질 않아서 그렇지. 근데 내 기억에 재네

둘 다 인성이 좀 별로였어. 아니, 모르겠다. 출고 반장은 지금은 인성 안 좋다고 소문났잖아? 근데 그 당시엔 꽤 착했었거든? 되게 순진하고 말도 잘 못하고 막 그랬었는데 지금 왜 저렇게 변했는지는 모르겠다. 자리가 사람을 만든다고 하던데 그래서 그런 건지…… 뭐, 암튼. 근데 병욱이 쟤는 그때도 좀 싸가지가 없었어. 말도 좀 재수 없게 하고 그래서 같이 일하는 출고 사람들도 다 싫어했었어, 저거 또라이라고. 일 같은 거 하다가 지 맘에 안 들면 갑자기 막 성질부리고 물건 발로 차기도 하고 그랬으니까. 그러다가 힘들다고 옆 동네 가서 일한다는 소문은 들었는데 지게차 탈 줄은 몰랐네. 암튼 그래서 출고 반장이 다시 여기로 들어오게 된 게, 그 쪽 물류센터에서 물건 훔치다 걸려서 잘렸는가봐. 거기 내 아는 동생 놈 하나가 일했었는데 그 녀석이 그러더라고. 쫓겨났다고."

"잘려요? 뭘 어떻게 훔쳤는데요?"

"거기는 이제 물량 터지면 가끔 지게차 사원들이 피킹에 박스 포장까지 할 때도 있는가 봐. 근데 출고 반장이 직접 물건 주문을 하거나 아는 사람이 주문한 운송장을 직접 출력해서 비싼 물건 같이 막 집어넣어서 보내고 그랬대. 그러니까 예를 들면 A라는 물건을 주문해 놓고 박스 포장할 때 B, C, D 막 이런 물건들을 같이 집어넣는 거지. 그것도 비싼 물건들로. 피킹도 내가 하고 포장이랑 검수까지 내가 한꺼번에 같이 해버리면 운송장만 붙여서 그냥 내보내면 그만이니까. 마지막 X-스캔에선 인적 사항만 확인하지 내용물 확인은 안 하니까 걸릴 일은 없잖아. 안 그래?"

"오, 그러네요. 천잰데요?"

"암튼 그래서 자꾸 비싼 상품들 재고 틀어지고 하니까 사무실에서도 벼르고 있었나봐. 근데 하루는 출고 반장이 또 그런 식으로 포장해서 내보내려고 하는데 그날따라 운 없게 갑자기 다른 직원이 검수를 한 거지. 그래서 그 직원이 '너 잘 걸렸다.' 하고 그 박스 들고 사무실에 갖다 줬대. 이거 누가 자꾸 피킹 이상하게 하는 거 같다고. 근데 니들도 알다시피 운송장 조회해보면 누가 피킹 했는지 언제 했는지 시간까지 싹 다 나오잖아? 그래서 이제 출고 반장 이름이 나오니깐 카메라 돌려 봤겠지. 거기 관리자가 불러서 이랬대. '너 지금 경찰 부를까 아니면 그냥 조용히 나갈래?' 그래서 퇴직금도 못 받고 쫓겨났다잖아. 개망신 당하고."

"와…… 퇴직금까지요? 그럴 수가 있나?"

"형사 처분 면해주는 대신 그랬나 보지. 사실 그거 한 번뿐이겠어? 나도 자세한 건 모르는데 뭐 그렇게 서로 합의를 봤겠지. 그쪽 동네 사람들은 다 알아, 소문나서. 암튼 그래서 그 후로 며칠 쉬었다가 여기 출고로 다시 들어와서 본사 관리자들한테 아부 엄청 떨고 그래서 금방 조장 달고 또 마침 얼마 안 있어서 출고 반장 자리 나니까 할 사람 없다고 반장시켜주고 그래서 지금까지 온 거야. 어떻게 보면 참 운이 좋았지. 능력도 안 되는데 완전 초고속 승진한 거잖아. 근데 또 그때니깐 가능했지 지금 같으면 택도 없지. 지금은 이제 여기도 어느 정도 체계가 잡혀서 조장되기도 힘들잖아. 그땐 뭐 워낙에 개판이었으니까. 조장 할 사람 없어서 누가 할래 그러면 손들고 해서 막 시켜주고 그랬거든."

"대박! 손을 들어서 시켜 줬다고요? 아니, 무슨 코미디도 아니고. 그럼 형님도 조장이나 하지 그러셨어요?"

"그거 해 봐야 뭐하냐? 신경 쓰고 피곤하기만 하지. 돈이라도 많이 주면 모를까, 그깟 직급 수당 몇 푼 되지도 않는 거 받고, 어? 내가 미쳤다고 조장 하냐? 그냥 시간 때우면서 대충 일하다가 집에 가면 되는데. 그런 건 남들 앞에 나서기 좋아하고 그런 애들이나 하는 거지. 그 당시에도 나서기 좋아하고 나대는 애들이 꼭 있어서 그런 애들이 다 조장했어. 근데 웃긴 건 막상 조장 달고 나니깐 다들 몸 사리고 일도 안하고 그러더라고."

"그래서 지금 조장들이 다 헬렐레 하는군요?"

"그때 조장 된 사람들 많이 그만두고 나가기도 했지만 남아있는 사람들은 지금 자리 잡아서 지들끼리 또 파벌 싸움하고 그러고 있는 거 아니냐. 근데 병욱이 재는 그쪽에서 자리 잡았을 만한데 이번에 출고 반장이 S.O.S 쳤나 보네. 출고 반장 요즘 파벌 싸움에서 좀 밀리나? 그럼 출고 조장으로 불렀을 텐데 왜 지게차 사원으로 들어왔지? 모르겠네."

여느 곳이나 마찬가지겠지만 특히나 이곳 물류센터는 현장 관리자들의 파벌 싸움이 심했다. 사원들 사이에선 흔히 '정치질'이라고도 불렸는데 보통 다른 곳에서도 눈에 보이지 않는 싸움은 종종 볼 수 있었지만 이곳처럼 대놓고 그 기색을 드러내는 경우는 흔치 않았다. 누구 라인을 타야 올라갈 수 있고 누구 편을 들어야 편하게 일할 수 있다는 등의 암묵적인 그들만의 파가 나뉘어 서로를 헐뜯고 미워했다.

사정이 이러하니 현장 일이 수월히 돌아갈 리 없었다. 워낙에 오랜 시간 잘 짜인 루틴이 있었으니 어찌어찌 그날의 마감은 간신히 넘기는 형국이었으나 더 효율적이고 보다 생산적인 방법은 찾아지질 않았다. 오죽하면 '일 하라고 조장시켜 놨더니 기껏 한다는 게 정치질이나 하고 앉아

있다.' 라는 말이 나돌 정도였으니 말이다.

그 모든 중심엔 항상 출고 반장이 있었다. 착한 양의 탈을 쓰고 웃고 있는 듯 보였지만 그 속내는 짙은 검은빛을 가득 드리우고 있었다. 그가 이곳 물류센터로 다시 들어와 밑바닥부터 차근차근 다시 다져 나갔을 때에는 그 어떤 치밀한 준비가 있었음이 틀림없어 보였다.

출고 반장은 처음 그 만의 수단과 방법으로 조장을 달고 다시 반장으로 올라가 출고 시스템을 장악했다. 그 후엔 누구도 자신의 자리를 대신할 수 없게 업무 중 중요 사항들에 대해선 함부로 다른 이들에게 알려주지 않았다. 자신이 없으면 일이 수월히 돌아갈 수 없도록 자신만의 확실한 키를 잡고 있었던 것이었다. 또한 입·출고 반장 위에는 모든 것을 총괄하는 소장이라는 직함이 있었으나 출고 반장은 항상 소장을 경계하고 의식하며 아무도 눈치 채지 못하게 소리 없이 자신만의 견고한 영역을 구축해 나갔다.

자신을 잘 따를 수 있을 것처럼 보이는 조장들에겐 해줄 수 있는 최대의 편의를 제공해주면서 같은 편을 만들었으며 말을 잘 듣고 따르는 몇몇의 사원들에겐 쉽고 편하게 일할 수 있는 요직의 자리를 재량껏 내어주었다. 그들 역시도 출고 반장을 따르면서 시간이 흐를수록 몸 편히 일할 수 있다는 사실에 안도해가며 서서히 그 맛에 중독되어 가고 있었다.

반면 자신의 위치를 위협하는 사람들에게는 가차 없이 단호하게 대처했다. 혹시라도 업무 역량이 뛰어나 자신보다 일을 잘하는 것처럼 느껴진다 싶으면 그 순간부터는 상대가 누가 됐든 지속적인 갈굼이 시작됐다. 그 정도가 어찌나 심하게 헐뜯고 갈구는지 지금까지 출고 반장의 괴롭힘에 많은 수의 사람들이 퇴사했고 설령 어찌해서 남아 있는 사람들도 보직 변경 신청을 하지 않은 사람이 없을 정도였다. 물론 그 진행 과정에 있어서는 눈에 보이지 않으면서도 영악하게 또 자신에게는 전혀 피해가 가지 않도록 교묘하게 진행되었다.

아마도 출고 반장은 자신의 상관으로 있는 물러터진 소장을 속으로 무시하고 비웃어 가며 자신만의 왕국을 건설하려 발버둥치고 있는 중이었을 것이다. 자신이 가지고 있는 모든 능력과 백그라운드를 최대한 활용해서 말이다.

어쩌면 그 점은 알게 모르게 자신의 신분 상승을 꾀하느라 노심초사 지속적으로 기회를 엿보고 있는 지게차 조장과도 같은 심정이었을 것이다. 그러나 연륜을 떠나서 그 두둑한 배짱과 담을 수 있는 그릇에 있어서 지게차 조장은 출고 반장의 적수가 전혀 되질 못하였다. 거론할 가치조차 되지 않았으니, 지게차 조장 역시 본인의 한계와 본인이 처한 위치를 너무나도 잘 알기에 출고 반장에게는 늘 탐탁지 않은 적절한 타협과 내키지 않는 협조를 보이곤 했다.

사실 어느 물류센터가 되든지, 업무 중에 있어 지게차는 없어선 절대 안 될 장비 중 하나임에 틀림이 없었다. 그리고 물류센터 내 모든 사람들은 그 사실을 항상 인지하고 일을 했다. 만일 지게차가 없다면 그 많고 무거운 물건들을 옮겨 낼 엄두가 도저히 나질 않기 때문이었다.

그렇기에 어느 물류센터에서든 지게차를 운용할 능력이 있고 더욱이 자격증까지 갖춘 지게차 사원들은 항상 귀한 몸값이 된다. 그리고 그들의 파워는 물류센터 안에서 막강한 힘을 발휘해 감히 현장 관리자들조차도 그들을 함부로 건드리지 못했다. 지게차 사원들이 맘먹고 일을 놓아버리면 물류센터가 마비될 정도로 일이 돌아갈 수가 없다는 것을 잘 알기에 그들이 곤조를 부리며 일을 하지 않아도 울며 겨자 먹기 식으로 비위를 맞춰주고 살살 달래가기도 하며 일을 시켜야만 했던 것이다. 그리고 거기에 더해 물류센터의 대부분은 항상 지게차 사원의 수급에 어려움을 겪고 있어 이러한 악순환의 연결 고리를 끊어내는 일은 사실상 불가능해 보였다.

지게차 사원들을 거느리는 지게차 조장 역시 다르지 않았다. 어느 물류센터에서나 지게차 조장만큼은 출고 반장을 능가하는 막강한 위세를 과시하곤 했다. 그가 협조하지 않고 일을 훼방 놓아 버리면 출고 과정에서의 차질 또한 불가피하기 때문에 항상 지게차 조장의 파워는 물류센터를 좌지우지할 만큼 강력했다. 그 위풍당당함이 이루 말할 수 없었으니 현장의 어느 관리자들도 지게차 조장을 함부로 대하지 못했다. 하지만 유독 이곳 물류센터에서는 지게차 조장이 그 기세를 펴질 못하였으니 참으로 희한한 일이 아닐 수 없었다.

영악했던 출고 반장 역시도 물류센터에선 지게차 사원의 파워를 무시하지 못 한다는 사실을 빠르게 파악하고, 또 몸소 체험해 봤기에, 더욱 단단한 자신만의 세계를 만들려 달려들었을 것이었다. 그리고 가증스럽게도 그 예상은 보기 좋게 적중하고 있었다.

인제는 문득 불안한 감정을 느꼈다. 대충 짐작은 했었지만 모르고 있었던 출고 반장과 병욱의 지난 이야기를 듣고 나니 왠지 모를 찜찜한 기분이 들었다.

평상시 물류센터에서 행해지고 있던 출고 반장의 손버릇을 잘 알고 있는 인제였기에 그의 절친이라는 병욱의 지게차 사원 합류는 사실 달가운 일이 아니었다. 자칫 잘못하면 지게차 사원 전체에 안 좋은 이미지가 박힐 수도 있는 사안이 벌어질 수도 있기 때문이었다.

출고 반장은 벌써 오래전부터 물류센터 안에 있는 상품들에 손을 대고 있었다. 이전 직장에서도 물건을 훔치다 걸려 쫓겨난 입장이었으니 도벽은 습관이라 치료가 필요하다는 말은 사실인 듯했다.

하지만 지금은 상황이 많이 달라졌다. 출고 반장은 이곳 물류센터 내에서 중요 자리에 위치해 있었고 주변의 모든 요직의 사람들을 일찌감치 자기편으로 만들어 놓았다. 본사 관리자들에게는 회사에 애정을 가지고 열심히 뛰어다니는 출고 현장 총괄 관리자로 각인 되어 있었고 밑에 사원들은 언제라도 마음대로 다룰 수가 있었다. 거기에 이젠 절친 병욱이 지게차 사원으로 합류했고 현장에서 유일했던 자신의 상사인 소장은 허수아비에 불과하다고 생각하고 있었으니 이보다 더 완벽한 조합은 있을 수 없었다.

출고 반장이 물건에 손을 댄다는 사실을 인제가 정확히 알게 된 건 예전 같은 노조에 속해있어 친하게 지냈던 한 출고 여사원을 통해서였다. 일종의 양심 고백 같은 형식이었지만 그 여사원은 인제에게 모든 사실을 털어놓은 뒤 죄책감에 한참을 고민하다 결국엔 퇴사를 하고 말았다.

"주기적으로 한두 개 정도는 꾸준히 해갔는데 반장님 결혼하기 전에 좀 심하다 싶을 정도로 많이 했지. 그거 알고 있는 우리 멤버들이 몇 명 있는데 그 사이에선 '반장님 신혼살림은 여기서 다 장만했다.' 는 말이 나왔을 정도였으니까. 지금은 아마 대충 소문나서 출고 사람들도 알 만한 사람들은 다 알걸? 다들 쉬쉬하는 거뿐이지."

출고 현장에는 고객의 인적 사항과 그 고객이 주문한 내용이 담긴 운송장을 출력하는 자리가 따로 있었다. 물건을 들거나 장시간 걸어 다녀야하는 등의 힘든 일이 없어서 사원들 사이에서는 서로 탐을 내는 비교적 수월한 보직이었다. 출고 반장은 그 운송장 뽑는 자리에 자신의 말을 잘 듣고 따르는 심복들을 추려서 배치시켰다. 그리고 운송장을 조작해 값비싼 상품을 대신 넣고 직접 보내는 방식으로 물건들을 빼돌려 왔던 것이다.

이러한 방식은 출고 반장이 전 직장에서도 썼던 방법이었으나 이곳 물류센터로 와서 출고를 총괄하는 반장의 자리에 오르면서는 제법 부피가 큰 물건들까지 손을 대는 과감성을 보였다. 그리고 일에 가담한 사원들에게도 본인들이 원하는 물건들을 몇 가지씩 집으로 보내주어 입을 닫고 한 배를 타게 만드는 치밀함도 보여주었다.

"주로 식사 시간에 많이 하지. 우리 밥 먹으러 가면 현장에 아무도 없잖아? 반장님은 밥 안 드실 때 가끔 있거든.

속 안 좋다고 해서. 근데 식사 시간이나 쉬는 시간에 보면 반장님은 항상 현장에 계시거든? 주로 컴퓨터 앞에 앉아계셔. 거기서 쉬는 게 편하다고. 실시간으로 물량 확인도 해야 한다고 하셔서. 누가 보면 일 진짜 열심히 하는 것처럼 보이는데 그때 막상 옆에 가서 보면 뭐 무슨 재고 확인이나 하고 있고 회사 홈페이지 들어가서 상품 설명 같은 거 막 보고 있고 그럴 때가 많더라고. 뭐, 그게 진짜 일하는 거 일수도 있는데, 암튼 주로 그때 아무도 없으니까 직접 운송장 뽑아서 비싼 물건들에 갖다 붙여서 레일에 태우지. 아니면 마감시간 다 돼서 추가 건들 나올 때 정신없는 틈타서 운송장 뽑아서 같이 묻어서 보내기도 하고. 주로 그 두 시간대에 많이 했어. 나도 그랬거든. 그리고 레일에 태울 땐 반장님이 직접 들고 가서 태우거나 아님 내가 하거나 나 말고 두 명 정도 더 있는데 요 사람들 아니면 절대 안 시켜. 철저하지 반장님이."

"그러니까 주로 운송장으로 장난쳐서 가져가는 거네? 직접 들고 집에 가는 게 아니고?"

"오빠도, 참. 여기서 어떻게 직접 들고 나가? 보는 눈들이 얼마나 많은데. 그리고 운송장 붙여서 보내버리면 알아서 집으로 오는데 뭐 할라고 힘들게 들고 다녀?"

"하긴 그렇지. 그래서 주로 아무도 없는 식사 시간이나 복잡한 마감 시간을 이용한다는 거지? 정신없는 틈을 타서? 그럼 쉬는 시간에는? 그때도 해?"

"쉬는 시간엔 휴게실 가기 귀찮다고 그냥 현장에서 쉬는 애들도 있잖아. 그럴 때 물건 들고 다니면서 레일 태우면 너무 티 나잖아, 이상하기도 하고. 다른 조장들도 현장에서 쉬는 조장들 있으니깐. 근데 밥시간엔 다들 밥 먹으러 가니깐 맘대로 하기 좋지."

"내가 다른 물류센터에서 지금 이 얘기 비슷하게 관리자가 운송장으로 장난치다 걸려서 잘렸다는 얘기를 들어는 봤는데 진짜 그게 가능하구나. 난 그때 들으면서도 사실 반신반의 했었는데."

"가능하다니깐. 우리 반장님 머리 엄청 똑똑해. 눈치도 장난 아니고. 그건 오빠도 알잖아? 레일에 태우거나 운송장 붙이거나 뭐 그런 거 할 땐 무조건 카메라 없는 사각지대에서만 한다니깐? 이거 절대 못 잡아, 진짜."

"그래서, 뭐 얼마나 가져갔는데?"

"장난 아니지. 말도 못해. 진짜 오빠가 상상하는 거 이상으로 가져갔어."

"그래서 얼마나? 액수로 따지면 뭐 한 몇 백 정도 돼?"

"몇 백? 장난해? 오빠, 청소기나 공기청정기 같은 것도 좋은 거는 하나에 백만 원이 넘어. 노트북 같은 전자제품들도 그렇고."

"그렇게 비싼가?"

"그래. 으이그…… 오라버니가 지게차로 옮기는 물건들 얼마정도 하는지 관심 좀 가지면서 일하셔요, 좀."

"근데, 공기청정기? 그거 크기가 꽤 크지 않은가? 그 큰 걸 가져간다고?"

"아, 그렇다니깐. 큰 게 더 쉬워. 겉에 운송장 붙여서 그냥 보내버리면 되거든. 뭐, 자랑은 아니지만 우리 공기청정기 제일 큰 거 2층에 있는 거 그것도 많이 해먹었어. 몇 백이 뭐냐. 지금까지 가져간 거 다 합치면 몇 천은 족히 넘지."

인제는 누군가에게 뒤통수를 한 대 제대로 얻어터진 기분을 느꼈다. 어느 정도 예상은 했었지만 이 정도 금액일 줄은 상상조차 하지 못했던 일이기 때문이었다.

간혹 단기 사원으로 일을 하러 와서 자잘한 물건들을 훔치다 걸려가는 경우는 종종 있었기에 재고가 심각하게 틀어져 문제가 생길 때마다 위에선 일반 사원들을 포함한 단기 사원들을 항상 의심하곤 했었다. 그리고 재고가 차이나는 부피가 큰 물건들은 이리저리 휘둘리다 센터 안 어딘가에 박혀 있을 줄로만 생각했지 설마 그 큰 물건들을 밖으로 유출시켰으리라고는 누가 감히 생각해 볼 수가 있었을까 말이다.

적은 항상 가까이에 있다고 업무의 최전선에 있는 현장의 최고 관리자가 그러고 있을 줄은 아무도 예상하지 못했을 일이었다.

"이거 너 말고 또 누가 알아?"

"우리 운송장 뽑는 사원 몇이랑, 반장님하고 친한 조장님들도 몇 명 연관 돼 있는 거 같긴 한데 누군지는 모르겠어. 그냥 느낌상으로만 짐작하는 거지. 그리고 노조 간부들도 다 엮여 있는 건 오빠도 알지? 오빤 거절했다며? 소문 다 들었어. 그래서 우리 사이에선 오빠 인기 되게 많았는데. 강직하다고."

그랬다. 사실 인제에게도 주소를 어떻게 알았는지 출고 반장으로부터 고가의 상품이 배송된 적이 있었다. 출고 반장의 묻지도 따지지도 말라는 식의 선물 공세에 인제는 불같이 화를 내며 바로 되돌려 보낸 적이 한 번 있었다. 출고 반장에게 선물을 받을 이유도 없었거니와 받는다 해도 이런 식의 출처 모르는 찜찜한 선물은 받고 싶지가 않아서였다.

어느 정도 예측은 했었고 지금에 와서 퍼즐의 조각을 맞춰보니 인제의 예상은 빗나가지 않았다. 아마도 인제를 제외한 노조의 간부들에게는 그런 출고 반장의 선물이 입막음용으로 서로간의 좋은 위안과 방패가 되었을 것이 자명

했다.

그 사건을 계기로 출고 반장과 인제는 서로 눈도 마주치지 않는 사이가 되었지만 물류센터 내 고가의 상품들 재고가 틀어지는 일로 문제를 제기하는 사람들은 없었다. 사무실에 앉아있는 본사 관리자들까지도.

"근데 너는 지금 왜 나한테 이걸 얘기해 주는 거야?"

"……그냥. 나도 어찌하다 보니까 얼떨결에 동참하게 됐는데…… 먹고 사는 게 뭔지, 참. 이거 솔직히 범죄잖아. 그동안 심장 떨려서 좀 힘들었는데…… 누구한테 말 하지도 못 하고. 근데 오빠한테는 말해도 될 것 같은 생각이 들어서. 그렇다고 오빠가 나 신고하지는 않을 거 아니야?"

멋쩍게 웃고 있었지만 출고 여사원의 얼굴은 슬퍼보였다. 불안함과 초조함이 뒤섞여 간절한 눈치를 끊임없이 보내는 듯한 작은 눈동자는 인제의 눈앞에서 흔들리고 있었다.

"……나, 오빠. 여기 그만 둘까봐. 꼬리가 길면 밟힌다고 도난 문제로 언제 한 번 일 터지면 제대로 터질 텐데…… 그렇게 되면 걸리는 것도 그렇고 물류 밥 먹는 것도 이제 힘들어서 다른 일 한 번 알아보려고. 내가 볼 땐 반장님도 계속 저런 식이면 오래 못 가. 요즘 갈수록 재고 자꾸 틀어져서 앞으로 재고 관리 철저히 한다고 재고 조사팀 새로

만든다고 하는 거 같던데. 계속 저러면 언젠가 한 번 걸리지 싶어."

"야, 그렇다고 그만 두냐? 어디 갈 데는 정해놓고 나가야지. 하루 시급 받아서 먹고 사는 사람이 돈 끊기면 어떻게 생활하려고."

"퇴직금 있잖아. 그러고 요즘 출고 조장님 중에 한 분이 끝나고 자꾸 같이 밥 먹고 가자고 해서, 그런 것도 부담되고 해서……."

"뭐? 누가 집적대는 거야? 출고 조장 누구야? 야, 난 성희롱이나 성추행 이런 거는 진짜 못 참아! 누구야? 내가 당장 가서 엎어줄 테니까!"

"아이, 아니야. 그런 정도는. 내가 또 괜한 소리 했네. 어차피 다른 일 하려고 생각하고 있던 찰나에 겸사겸사 그냥 그렇게 된 거야. 오빠 또 출고가서 괜히 들쑤시고 다니지 마라. 난 나가면 그만이지만 오빤 그렇지 않아도 바른 소리 잘 해서 위에서 좋게 보고 있지 않잖아?"

"좋게 보질 않기는 누가 좋게 안 본다고 그래?"

"에이, 여기 소문 빠른 거 몰라? 나도 듣는 귀가 다 있는 사람이라고."

"야, 맘대로들 하라 그래라. 내가 잘못한 것도 없고, 뭐 그런 거 무서워서 할 말 못하고 사는 사람인 줄 아냐?"

그만두게 되면 당장 먹고 살아야 할 부분을 걱정해야 하는 사람이 남아 있을 사람의 걱정부터 해 주는 모습에 인제는 측은함이 뒤섞인 미안한 감정을 추슬러야 했다.

좋은 동료들이 하나 둘 떠나간다는 건 기운 빠지는 일이 아닐 수 없었다. 그러나 어떠한 비전도 제시해 주지 못해 떠나는 이들을 잡을 수 없다는 사실은 더욱 기운 빠지고 희망적이지 못한 현실이었다. 그리고 그러한 현실에 가슴을 부여잡으며 살아가는 것이 오늘날을 살아가고 있는 우리들 자신의 모습이었다.

병욱은 식사 시간과 휴게 시간에 주로 출고 반장과 어울렸다. 일을 하다 간혹 잠깐씩 쉬는 짬이 날 때에도 여지없이 출고 반장을 찾아가곤 했다. 모르는 사람들의 눈에는 출퇴근을 같이 하며 친한 친구 사이기도 한다는 사실에 대수롭지 않게 보일 수도 있었겠지만 퇴사한 출고 여사원을 통해 도난에 관한 이야기를 들어버린 인제의 눈에는 그 둘의 행동이 달가워 보일 리가 없었다.

아무리 오래된 친한 친구 사이라지만 매일 출근해서 보는 형편에 남자끼리 무슨 할 얘기가 그리도 많은 건지 출고 반장과 병욱을 지켜볼 때 마다 두 사람은 항상 수다 꽃을 피우고 있었다. 그리고는 어떠한 경우를 핑계 삼아 그들에게 가까이 가보려 시도라도 해보려 하면 항상 다가오는 이들을 경계하며 자리를 애써 옮겨 다니곤 했다. 마치 켕기는 뭐라도 있는 양 그 모습은 애처로워 보이기까지 했을 정도였다. 결국 시간이 지나도 병욱에게선 지게차 사원들과 함께 어울리려 노력하는 모습은 일절 찾아 볼 수가 없었다.

보이는 모습이 그러하니 무엇이건 더 의심스러울 수밖에 없었다. 인제를 포함 최고참 지게차 사원에게 출고 반장과 병욱의 이야기를 전해들은 몇몇의 지게차 사원들은 일을 하면서도 틈이 날 때마다 두 사람의 언행을 유심히 지켜보곤 했다. 그리고 두 사람을 지켜보는 그 행동들은 시간이 흐를수록 누가 시켜서가 아닌 그저 은연중에 나오는 마치 잠재의식과도 같은 무서운 습관으로 변해가고 있었다.

하지만 아무리 조심스럽게 지켜본다 한들 사람이 항상 완벽을 만들어 낼 수는 없었다. 서로의 지켜보는 눈이 잦아질수록 불꽃이 튀기 마련이었고 결국 의도치 않게 편이 나뉘어 서로를 으르렁거리는 지경에까지 이르게 되었다. 지게차 사원들 내에서 원치 않은 분열의 조짐이 시작되고 있었던 것이다. 마치 최고참 지게차 사원이 우려하며 걱정했던 말이 보기 좋게 적중하는 것처럼 말이다.

"형, 지금 난리 났다는데요?"

"뭐가, 또?"

"물건 한 빠레트 없어져서 주간에서부터 찾고 난리 났대요. 물건 못 나가서 계속 빵꾸나고."

"병신들. 전산 잘못 쏴서 또 어디 다른 데 짱 박혀 있겠지. 한두 번이냐?"

"이번엔 진짜 없다는 거 같은데요? 지금 사무실 사람들도 다 나와서 찾고 다니는데 안 보인다고 하는 거 같아요."

"사무실 사람들 누구? 본사 관리자들?"

"네. 예전에도 조장들이 못 찾아서 본사 관리자가 찾아내고 한 적 있잖아요. 근데 지금 없어진 게 노트북인지 뭔지 엄청 비싼 거라서 본사 관리자들 엄청 화나있다고 반장님이랑 조장님들 지금 막 뛰어다니면서 찾고 있어요."

"그래, 열심히 찾고 다니라 그래. 여긴 빵꾸 좀 나 봐야 돼. 안 그러냐, 인제야?"

"그렇죠. 빵꾸도 좀 빵빵 나주고 그래야 정신 차리죠."

말은 그렇게 했지만 인제는 내심 내키지 않는 기분이었다.

평상시 파렛트 단위로 없어지는 물건들은 대부분 지게차 사원들이 적치하는 도중 실수로 다른 자리에 갖다 놓은 경우이거나 작업 중 너무 바쁜 나머지 잠깐 두고 나중에 옮긴다는 것을 깜박 그대로 두고 퇴근하는 경우가 다반사라 조금만 신경 쓰면 금방 찾을 수가 있는 경우들이었다. 하지만 주간 조에서부터 시작되어 야간 조에까지 이어지며 계속해서 물건을 찾고 있다는 것은 분명 중간에 무언가 잘못된 일이었음에 틀림이 없었다.

"영재야, 물건 한 빠 없어진 거 찾았대냐?"

"아니요, 못 찾았다네요. 근데 그거 한 빠에 일억이 넘는다나 봐요. 그래서 지금 비상이래요. 본사 관리자들 빡쳐서 분위기 살벌하다고 하던데요."

"애네 또 누가 입고 잘못 잡은 거 아니야?"

"아니래요. 고가품이라 주간에 두 명이서 같이 입고 잡았고 그 입고 잡은 애들이 며칠 전에 자기들이 작업한 거 분명히 기억한다고 했는가 봐요. 전산 상에도 남아있고."

"그래……."

"근데 어떻게 빠레트 채로 없어지지? 대박인데? 혹시……?"

"야야, 그런 말 하지마라. 입 조심해야 돼. 여기 듣는 귀들도 많고 말 한번 잘못하면 어떻게 되는지 알지?"

"잘 알죠. 근데 빠 채로 없어지는 건 지게차가 개입되지 않고는 불가능한 거 아니에요? 그걸 다 일일이 까대기 쳐서 가져갔을 리는 없잖아요?"

"글쎄다. 나도 모르겠다……."

며칠이 지나도 없어진 고가의 물건 한 파렛트는 결국 찾지 못했다는 소식이 들려왔다. 물류센터엔 비상이 걸려 계속 카메라를 돌려 확인하고 있다는 말이 들렸고 월례 조회 시간에도 센터장이 직접 센터 내 도난 문제의 심각성에 대해 열변을 토해내는 모습을 볼 수 있었다. 그리고 또 다른 며칠이 지나자 센터 내 각 층과 도크 밖의 건물 외관 쪽으로도 사각 지대가 있을 수 없도록 CCTV를 추가적으로 설치한다는 공고문이 붙어있음을 확인할 수 있었다.

이번 사건은 이곳 물류센터가 오픈한 이래 처음으로 발생한 최대의 심각한 도난 사건이라는 말들이 무성했다. 또한 조직적으로 범행이 이루어 졌을 거라는 혹은 센터가 문을 닫은 시간에 누군가 몰래 침입했을 가능성도 있을 거라는 등의 근거 없는 소문들이 사원들 사이에 나돌기도 했다.

한편 사안의 심각성으로 인해 전문 기관의 도움을 받을 필요성이 느껴진 회사는 결국 수사 기관에 범인 검거를 의뢰했다는 소식이 들렸고 그 말이 나온 뒤로 한 동안 경찰들이 물류센터를 수시로 드나드는 모습을 볼 수가 있었다.

그런 모습들을 보면서 인제는 마음속으로 혼잣말을 하곤 했다.

'니들이 아무리 그래봐야 가져갈 놈은 다 가져 간다…….'

A.I.

영재가 운전하는 자동차 운전석 너머로 진풍이와 함께 장난을 치고 있는 제시의 모습이 보였다. 출근 시간이 다 되어가고 있을 무렵이었다. 영재는 주차 후 시간적인 여유를 재차 확인한 뒤 제시와 진풍이가 있는 곳으로 발걸음을 향했다.

"누나, 일찍 오셨네요?"

"오냐, 어서 와라. 영재야, 얘 살 좀 붙은 거 같지 않니?"

진풍이를 연신 쓰다듬으며 제시는 뭔가 흡족해 보이는 얼굴 표정을 지은 채 영재에게 말을 건넸다.

진풍이는 물류센터 초입에 위치한 경비실에 반 거주하고 있는 반려견 이름이다. 경비 아저씨가 집에 혼자 남겨질 녀석이 걱정되어 근무하실 때마다 항상 데려오던 습관에 이젠 이곳 물류센터의 한 식구가 되어 버린 지 벌써 오래였다.

경비 아저씨는 나이 오십 중반을 훌쩍 넘기셨지만 여전히 혼자였다. 독신주의자는 아니었지만 삶에 쫓기며 살아가다 문득 돌아보니 혼자가 된 자신의 모습을 보게 되었고 이제는 늦었다는 생각과 익숙해져 버린 편안함에 기대어 하루를 살아가신다는 경비 아저씨의 하소연 섞인 푸념을 영재는 여전히 기억하고 있었다.

진풍이를 향한 경비 아저씨의 사랑은 그야말로 대단했다. 혼자라는 외로움에 대해 누구보다 잘 알고 있어서인지 항상 함께하려 애쓰는 모습을 볼 수 있었고 그 결과 경비실 뒤편에는 제법 잘 차려진 진풍이의 임시 거처까지 만들어 놓고 애정을 쏟곤 했다.

"아니, 왜 맨날 출근 전에 여기서 이러고 있어?"

인제의 희미한 목소리가 들려왔다. 진풍이에 정신 팔린 제시가 뒤를 돌아보니 인제와 진수가 나란히 가까운 걸음을 하고 있는 것이 보였다. 주차장으로 향하는 길에 진풍이와 함께 있는 두 사람의 모습을 발견하고 역시 출근길이었던 인제와 진수가 합류한 것이었다.

"형님들, 나오셨어요?"

언제나 그렇듯 영재는 두 형들에게 깍듯하게 예의바른 인사를 건넸다.

"어, 나왔냐? 제시 넌 왜 남의 개를 이렇게 괴롭히고 있어? 아저씨는 안 계시나?"

"경비 아저씨 순찰 도시나 봐요. 안 보이시더라고요."

"아, 그래? 제시야, 맨날 개랑 이러고 있으면 어떡해? 제대로 된 남자를 만나야지. 안 그렇게 생각해?"

"형, 그럼 제대로 된 남자를 좀 보여 달라고 제발. 나도 내가 이러고 싶겠어?"

시간이 제법 흘렀고 인제는 제시와의 관계에 있어 이제는 이성적인 감정이 홀가분하게 사라져 버린 듯 농담을 주고받으며 서로 자연스레 웃어넘길 수 있는 사이가 되어 버렸다.

"내가 어떻게 보여주니, 내 앞길도 제대로 못 보는데. 제시야, 너무 멀리서 찾지 마."

"형님, 그래서 제시 누나는 여기서 결국 진풍이를 찾은 거 같은데요?"

"뭐래니. 그래, 영재 말이 맞다. 근데 얘는 아무리 봐도 딱 내 스타일이야. 얘 너무 멋있지 않아?"

모두가 진풍이에게 시선이 집중되어 있을 때 한 옆에서 진수는 연신 두 손으로 진풍이의 얼굴을 비벼대며 미소를 잃지 않고 있는 제시의 모습만을 바라보고 있었다. 그리고 인제는 찰나의 순간 그 모습을 놓치지 않았다.

"얼른 갑시다. 늦어서 또 한 소리 듣지 말고."

꼬리를 연신 흔들어대며 살갑게 구는 진풍이를 뒤로 한 채 작업장으로 향하던 길에 영재는 문득 진풍이의 이름에 관한 궁금증을 던져 보았다.

“근데 왜 이름을 진풍이로 지었을까요? 진풍노도의 시기 뭐 이런 건가?”

“질풍노도의 시기겠지, 뭔 진풍노도냐. 아…… 영재, 진짜 왜 그러냐?”

“아…… 그런가요? 진풍노도 아니었어요? 질풍노도였구나. 어쩐지…… 그럼 질풍이가 돼야 하는데. 아니네.”

“야, 쟤가 질풍이면 쟤 동생은 노도야?”

“형들, 그만해.”

제시의 어이없어 하는 만류와 함께 한바탕 요란한 웃음소리가 그치고 나서야 인제가 답을 내놓았다.

“그게 아니고. 쟤 잘 보면 두 가지 품종이 보일 거야. 진돗개랑 풍산개. 나도 예전에 아저씨가 얘기해 줘서 안건데, 진돗개랑 풍산개랑 교배해서 낳은 아이래. 누가 한 마리 줘서 데려왔다는 거 같던데?”

“오…… 진짜 지금 생각해 보니까 그런 거 같은데요?”

“아, 그래서 진풍이였어? 난 이름이 좀 촌스럽다고 생각했었는데 듣고 나니깐 이름이 멋있어 보이는데?”

“어머, 나도 그건 몰랐는데. 우리 진풍이 다음에 다시 한 번 잘 봐야겠다."

"자, 진풍인 다음에 보고, 이제 우리는 쎈개나 보러 가자고."

"쎈개……."

청량한 웃음소리에 걸맞은 힘찬 발걸음을 내딛으며 그들은 시종일관 진풍이와 TV속 반려동물 얘기로 유쾌한 수다를 한참이나 이어갔다. 기분 좋은 동료들이 곁에 있어 마음 울적해지는 어스름한 출근길의 기분을 달랠 수 있는 것 같았다.

오늘도 재미난 하루를 보낼 수 있을 것 같았다.

'똑똑똑.'

덕수의 초점 없는 눈동자가 힘없이 출입문을 향한다. 조심스레 문을 반쯤 열어젖힌 김 전무가 조금은 긴장한 듯한 얼굴 표정으로 찬찬히 병실 안쪽의 상황을 살펴보고 있었다.

공손히 앞으로 가지런하게 모인 김 전무의 두 손에는 제법 근사해 보이는 큼지막한 과일 바구니가 들려 있었다. 덕수는 처음 보는 김 전무의 방문이 자신을 병문안 하러 온 손님이라는 것을 알지 못했다. 본사 산하에 있는 물류센터의 일개 지게차 사원이 본사 고위직 임원의 얼굴을 알아볼 리 없었다.

지게차 사고 직후 김 전무와 잠시 안면이 있었던 덕수 아내는 김 전무를 알아보자 힘없이 자리에서 일어났다. 이유야 어찌되었든 자신의 남편을 보러와 준 손님이었다.

"지금 상황에서 잘 지내셨냐는 인사 말씀을 드리기도 조심스럽네요. 그저 면목이 없습니다."

"……."

서로가 견디기 힘들었을 침묵의 시간이 잠시 동안 흘렀다. 영문을 모르는 덕수는 누워서 그저 눈만 껌벅거리고 있을 뿐이었다. 말끔한 양복 차림의 점잖아 보이는 중년의 남성이 눈앞에 서 있었지만 대체 무슨 일로 나온 사람인지 혹은 보험사에서 나온 직원인건지 덕수는 알 길이 없었다.

말을 쉽게 이어가지 못하고 눈치를 보며 서 있기만 하는 김 전무의 모습에 마지못한 덕수 아내는 그제야 김 전무를 덕수에게 인사시킨다.

"……오빠, 여기는 오빠 회사 본사에 계시는 전무 이사님이셔."

"안녕하십니까? 처음 뵙겠습니다."

회사 안이었으면 상상하지도 못했을, 머리가 희끗한 고위직 임원이 새파란 젊은 사원에게 그것도 산하 물류센터 계약직 신분의 사원에게, 허리를 숙여 깍듯한 인사를 건

넨다.

"아…… 네. 근데 무슨 볼 일이 아직 남으셨나요? 서로 합의는 다 끝난 걸로 알고 있었는데."

통명스러운 듯 가시 돋친 덕수의 말투에 김 전무는 등허리로 식은땀이 한 줌 흘러내림을 느꼈다. 사내 전체 조회를 도맡아 연설할 때에도 항상 당당하고 자신있어하던 김 전무였다.

"아니, 뭐…… 아직 퇴원 전이시라길래 일전에 덕수 사원님 아내 분한테 드렸던 말씀도 있고 해서 그냥 겸사겸사 한 번 들러봤습니다."

"무슨……?"

전혀 영문을 모르겠다는 덕수의 얼굴 표정과 당황한 듯 긴장한 모습이 역력해 보이는 덕수 아내의 모습에 눈치 빠른 김 전무는 조심스레 급히 말을 돌렸다.

"혹시 일처리를 진행하는 과정에 저희 법무팀에서 행여나 불편을 끼쳐드린 점은 없었는지요?"

서로가 서로의 눈치를 살피며 또다시 차가운 정적의 기운만이 병실 안을 감싸고 돌았다.

"……저기, 전무님. 잠시 밖에서 얘기 좀 하시겠어요?"

왠지 조심스러워 보이는 덕수 아내의 말투에 덕수는 호기심어린 눈을 치켜뜨며 퉁명스런 질문을 던진다.

"왜? 뭔데?"

"오빠, 나 밖에서 잠깐만 얘기하고 올게. 금방 올 거니까 걱정하지 말고 있어. 알았지?"

덕수는 언제부터인지 아내가 눈앞에 보이지 않으면 마음이 불안해지는 조바심이 생겼다. 세상 혼자였다고 생각하며 살아왔던 그가 아내를 만나며 둘이라는 기쁨에 대해 알게 되었지만 그것도 잠시, 고통스런 지게차 사고 후 모든 것이 다시 원점으로 돌아간 기분이었다. 더욱이 이제는 온 몸을 쓰지 못하게까지 되어버렸으니 그 실망함과 불안함에 더한 절망감은 극에 달해 있을 시점이었다.

"이렇게 갑자기 불쑥 찾아오시면……."

"죄송합니다. 그렇다고 전화 드리기도 뭐하고 해서 지나가는 길에 들른다고 그냥 한 번 들러본다는 것이……."

"아직 오빠한테 말 꺼내보지도 않았어요. 일단 오빠가 안정을 찾는 게 우선인 것 같아서……."

"네. 그러신 거 같아서 저도 아까 함부로 말씀 꺼내기가 좀 그랬었습니다. ……일단 사모님께서는 어떻게…… 생각을 좀 해보셨는지요?"

"……근데 그게 말이 좀 안 되는 거잖아요. 이런 상황이 꿈같기도 하고…… 저는 잘 모르겠어요."

"죄송합니다. 다시 한 번 위로의 말씀 드립니다. 저도 회사 차원에서 덕수 사원님 가족 분들의 의중을 대신 묻고 있는 입장이라…… 이해 부탁드리겠습니다.”

“오늘은 그만 돌아가 주셨으면 좋겠어요.”

“네, 알겠습니다. 혹시라도 필요하신 게 있으시다 거나 궁금한 점이 있으시면 언제든지 저한테 직접 연락을 주셔도 괜찮겠습니다. 그럼…….”

눈물을 한참이나 머금고 있는 덕수 아내에게 깍듯한 예의를 갖추고 김 전무는 병원을 나왔다.

사실 이러한 비슷한 일이 생길 때마다 김 전무는 지금까지 살아온 인생에 있어 회의를 느끼곤 한다. 이런 말 같지도 않은 프로젝트를 자신에게 떠맡긴 신 회장도 이해가 안 되고 싫었지만 주변 가슴 아픈 사람들의 마음을 더 힘들게 후벼 파는 것만 같아 도의적인 부분이 무엇 보다 마음에 걸리는 것도 사실이었다.

나이 육십을 바라보며 무슨 부귀영화를 더 누려볼까 싶어 이러고 있는 건지라는 생각도 들었지만 외국으로 유학 보내 놓은 처자식 생각이 앞서는 것은 어쩔 수 없는 생리적인 현상과도 같아서 끊임없이 김 전무의 머릿속을 괴롭혔다. 그것은 어쩌면 마치 본능적으로 생존하는 것과도 일맥상통하는 부분이었다.

회사에서 고액의 연봉을 받으며 중책을 맡고 있는 이상

모든 것은 업무선상의 한 부분이었다. 그리고 무엇 보다 먹고살아야 했다. 늦은 결혼에 자식들이 한창 공부할 시기에 발이 묶여 있는 것도 오롯이 자신이 감당해야 할 부분이었다. 김 전무는 그렇게 가슴을 다지고 또 다짐했다.

덕수 아내가 김 전무와 얘기를 나누겠다며 밖으로 나갔던 고작 5분 남짓의 시간이 덕수에게는 영겁의 시간처럼 느껴졌다. 기다림과 호기심에 지쳐가던 덕수는 이내 병실로 돌아온 그의 아내를 보자마자 마른 침을 삼키며 급한 심중을 내비쳐 본다.

"무슨 일이야? 저 사람 왜 온 건데? 전에 했다는 말은 또 뭐야?"

"오빠, 그게……."

입이 쉽게 떨어지진 않았지만 언젠가는 말을 해야 할 부분이었다. 덕수 아내는 입 안에서만 겉돌고 있는 말을 밖으로 뱉어내기가 굉장히 힘들고 아득했다.

"……정말 어떻게 말을 해야 할지 모르겠다."

"괜찮으니까 그냥 들은 대로만 얘기해 봐."

"……저 사람들이 지금 무슨 인공 지능 로봇을 개발 중에 있다나봐. 근데 오빠가…… 몸이 장애가 됐으니까…… 오빠 몸을 로봇으로 만들어서 다시 움직일 수 있게 만들어 보는 게 어떻겠냐고……."

"민주야, 그게 무슨 소리야? 알아듣게 얘길 해줘야지."

"그러니까. 나도 잘 모르겠어. 무슨 장난하는 것도 같고…… 꿈꾸는 거 같기도 하고…… 오빠가 직접 한 번 만나볼래?"

"아까 그 이사인가 뭔가 하는 사람 연락처 가지고 있어?"

"응."

"그 사람 나 퇴원하기 전에 한 번 보자고 해. 내가 직접 얘기해 볼께. 이것들이 도대체 무슨 개수작인거야. 어쩐지. 뭔 꿍꿍이속이 있어서 병실도 이렇게 1인 실로 내줬구먼."

사고 후 정신적인 공황상태로 누워만 지내느라 주변을 돌아볼 겨를이 없었던 덕수는 문득 본인이 1인 병실에 홀로 누워있다는 사실을 떠올리며 김 전무를 직접 만나봐야겠다고 생각했다.

신 회장은 여전히 날이 서 있었다.

이번 프로젝트의 총괄로 김 전무를 일임하며 일사천리로 진행이 되길 바랐지만 여전히 신 회장이 원하는 수준의 결과물이 돌아오지 못하고 있는 실정이었다. 평소 추진력있게 맡기는 일들을 완벽하고 묵묵히 소화해내던 김 전무였기에 신 회장의 조급증과 기대감은 날이 갈수록 커져만 갔다.

"김 전무, 이 사람아. 뭘 그렇게 꾸물거리는 거야, 평소답지 않게. 우리 박사진들이며 연구진 의료진들 할 거 없이 전부 다 스탠바이하고 있는데 자네가 이러고 있으면 어떡하나. 대체 뭐가 문제야?"

사무실 임원 회의에서의 채찍질도 통하지 않는다고 느낀 신 회장은 이번엔 당근을 주기위한 고육지책이 필요했다. 신 회장은 김 전무를 불러내 고급 요정에서 둘 만의 저녁 시간을 만들었다. 물론 김 전무는 뻔히 보이는 상황의 그 자리가 내키지는 않았지만 당연지사 받아들여야 하는 일이었고 불편한 심정은 안팎으로 이어져 피로감이 몰려왔다.

"회장님, 제 생각엔……."

"자네 생각을 말하지 말고 자넨 그냥 내가 시키는 대로만 하면 되는 거야. 그래서 내가 자네 월급 주는 거 아닌가?"

"이게 영화 속에서나 있었던 일이고 또 현실적으로는 가능할지…… 확률적으로도 굉장히 낮은 사안이라서요. 어떻게 보면 일종의 임상 실험이라고도 할 수 있는데 그 후 폭풍은 어떻게 감당 하시려고요?"

"어, 그래. 너 말 잘했다. 미국 애들이 영화로 만들었지. 개네들이 영화로 만들었으니까 우리는 현실에서 실제로 한 번 만들어보자고. 영화 속 일들이 다 현실에서 일어나고 있는 일들 아니야? 확률이 낮다는 거지 불가능하다는 게 아니잖아? 우리 다들 능력들 되잖아? 야, 그리고 임상 실험? 그 많은 제약 회사들이나 병원에서 숱하게 하는 게 임상 실험인데, 그거 우리도 하겠다는데 뭐가 문제가 돼?"

"……그런데 그 임상 실험의 정도라는 게 좀…… 자칫 잘못 하면 목숨이……."

"누가 너보고 책임지래? 그리고 세계 최고의 전문가들이 모여서 진행하는 건데. 그 사람들을 믿어야지. 이 사람, 참. 그렇게 겁내고 두려워하면 큰일을 못해. 역사적으로도 세상이 바뀔만한 획기적이고 큰 사건의 뒤엔 언제나 작은 희생들이 따랐단 말이야. 내가 뭐 불법적인 일을 하는 것도 아니고 합법적으로 다들 동의 얻고 보상할 거 다 해가면서 일처리 하고 있는데 문제 될게 뭐가 있나?"

"……네. 회장님 말씀이 맞습니다."

"이번 일 성공하면 세계적으로 광고 제대로 될 거고, 그렇게 되면 투자 한 번 세게 받아서, 응? 글로벌 기업 이미지 제대로 박히면 그땐 게임 끝나는 거야. 그 다음부턴 술술 풀리게 돼 있어. 무슨 말인지 알지? 내가 언제까지 이런 전자 상거래로 물건이나 팔아서 나오는 푼돈으로 직원들 월급 줘야 하겠나?"

"……."

"김 전무도 그동안 고생했는데 이제 사장 자리 한 번 앉아봐야지? 이번 일 잘 되면 나도 이제 경영 일선에서 물러나 뒤에서 그냥 훈수나 두고 자문이나 구해주고 하면서 좀 쉬어보려 하는데, 자네 생각은 어떤가. 지금까지 내가 앉힌 임원들 중에 나한테 잘 보이려고 무진장 애쓰는 인간들 많다는 거는 알지? 내가 왜 자네를 이번 일에 총괄 책임자로 임명했겠나. 난 김 전무 자네의 그 휴머니즘이 마음에 들어. 다른 놈들은 다들 대가리만 돌릴 줄 알지 가슴이 메말라 있어가지고 말이야. 에이, 참…….”

신 회장은 이미 답을 정해 놓았고 본인의 답에 모든 문제 풀이 과정을 맞추어 나가고 있었다. 다른 사람들의 이견 따위가 귀에 들어올 리 만무했다. 김 전무와 대화하는 내내 그저 자신의 말에 절대 복종하기 만을 바라는 사람의 눈빛을 여실히 보여주었다. 평소 자신의 의견을 피력할 땐 눈을 부리하게 뜨고 정신이 반 쯤 나간 듯한 무서운 표정으로 상대를 제압하며 압도하는 모습을 보여주곤 했던 신 회장이었다.

이미 끝난 싸움이었다. 신 회장은 호락호락한 사람이 아니었다.

덕수 아내의 전화를 받고 김 전무는 전담 변호사를 대동한 채 덕수의 입원실을 다시 찾았다. 덕수 아내가 덕수의 동의하에 먼저 만남을 요청해 온 것이기에 한결 가벼운 마음으로 병실을 찾았으나 김 전무에게는 여전히 내키는 일은 아니었다.

덕수는 김 전무의 곁에서 보조하며 서류가방을 들고 공손히 서 있는 낯선 사내의 모습을 보고 있자니 왠지 모르게 더욱 화가 치밀어 올랐다.

"이쪽은 저희 사내 변호사로 일하고 계시는 양재혁 변호사님이십니다."

사내 변호사를 소개하는 김 전무의 인사가 무안할 정도로 덕수는 모든 과정을 생략하고 무시한 채 단도직입적인 질문만을 던졌다.

"제 와이프한테 했던 얘기 좀 저한테 다시 해주시겠어요? 인공 지능 로봇은 뭐고 제 몸을 로봇으로 만든다는 말은 또 무슨 소리예요?"

"네. 아내 되시는 분께 어떻게 설명을 들으셨는지는 모르겠습니다만 제가 오늘 조금 구체적인 말씀을 한 번 드려보겠습니다. 저희 회사에서 회장님의 지시로 수 년 전부터 연구해 오던 프로젝트가 있습니다. 크게는 물류 산업에 인공 지능 로봇을 도입해서 물류센터 내 거의 모든 공정의 자동화, 표준화를 통한 물류비용 절감과……."

"아, 됐고. 피곤하니까 본론만 얘기하시죠. 그래서 날 뭐 어떻게 하겠다고요."

자신이 듣고 싶은 얘기와는 상관없는 형식적이고 포괄적인 김 전무의 설명에 짜증이 난 덕수는 김 전무의 말을 도중에 끊어 버린 채 신경질적인 반응을 보였다.

"네. 그래서 지금 저희가 각 분야에서 최고이신 분들을 초빙해서 연구에 개발을 하고 있는데요. 말씀드리기 죄송스러우나 덕수 사원님께서 뜻하지 않은 사고로 인해서 몸을 쓰지 못하게 되셨으니까 저희 연구진이 로봇 몸을 덕수 사원님한테 입혀서 세계 최초로 지게차 로봇을 탄생시키는 겁니다. 사람과 로봇이 한 몸에 공존하게 되는 그런 방식이 될 겁니다."

"이해가 어려우시면 영화 로보캅 생각하시면 됩니다. 사이보그가 되는 거죠."

김 전무의 옆에 서 있던 사내 변호사가 한 마디 거들었다. 그리고 그와 동시에 뭔가 자신이 있다는 듯한 입 꼬리가 올라가는 얼굴 표정을 지어 보이자 덕수의 짜증은 배가 되는 기분이었다.

이내 덕수는 머릿속이 흐릿해지는 기분을 가까스로 가라앉혔다. 그리고는 여전히 기분 나쁜 미소를 한껏 머금고 있는 사내 변호사를 한 번 흘겨 본 뒤 김 전무에게 담담히 말을 건넸다.

"그러니까 지금 로보트에 내 머리를 갖다 붙여서 영화에서처럼, 그 뭐냐 로보캅처럼, 움직일 수 있게 만든다는 말인 거죠?"

"아, 사원님. 이게 말을 하기 나름인데요. 로봇에 사원님 머리를 붙인다는 게 아니라 사원님께 로봇의 몸을 입혀드리는 겁니다, 네."

"자네는 좀 가만히 있지."

"……네. 죄송합니다, 전무님."

사내 변호사에게 잠시 눈동자를 돌려 올려다보는 덕수의 눈빛이 공격적으로 변해가는 것을 빠르게 감지한 김 전무는 옆에서 조언을 한답시고 거들고 있던 사내 변호사에게 눈치를 주며 제지시켰다.

"그게 지금 말이라고 와서 하고 계신 거예요? 가능하다고 생각하세요?"

"현재 인공 지능의 기술력이 세계적으로도 괄목한만한 성과를 내고 있는 실정입니다. 미국에서는 이미 제가 아까 말씀드렸던 것과 같은 유사한 형태의 로봇 개발도 어느 정도 진척이 되어 상용화 되어 가고 있는 상황이구요. 만약 저희가 진행을 하게 된다고 하면 세계적으로 최고의 전문가 그룹이 모여서 작업을 진행할 예정입니다. 이미 세계적인 석학자분들을 통해서 자문은 모두 마친 상태이구요. 미국과 독일, 인도 등지에서 분야 내 최고라고 알려져 있는 박사, 연구진들과 모든 계약까지 끝내 놓은 상황입니다. 물론 실질적인 모든 작업은 세계적으로 인정받은 국내 최고의 의료진들과 함께 한국에서 진행될 예정이구요."

"……근데 그게 왜 나여야 하죠? 그렇게 세계적으로 대단한 일이면 할 사람도 많을 거 같은데요."

"네. 그 부분은 일단, 마침 얼마 전까지 저희 회사에서 오랜 기간 연구해 오던 결과물을 실행해보려고 기회를 엿보던 참이었습니다. 그런데 덕수 사원님께서 뜻하지 않은 사고를 당하셨고 또 안타깝게도 몸을 쓰지 못하게 되셨다고 하니 저희 입장에서는 마침 조건에 부합되는 것 같다는 생각이 들어 제안을 드리게 되었습니다. 덕수 사원님께서 불쾌하게 받아들이셨다면 정중히 사과드리겠습니다. 물론 저희 제안에 수락을 하지 않으셔도 상관없습니다. 덕수 사원님 본인 의사가 가장 중요하니까요."

"그럼 만약 진행하다 잘못되면요. 제가 듣기엔 말도 안 되는 얘기인 거 같은데 잘못되면 저는 어떻게 되는데요?"

"……글쎄요. 저희는 아직 잘못될 거라는 생각을 해본 적은 없어서……."

"……그러니까 달리 말하면 지금 나 가지고 실험하겠다는 거네요. 어차피 죽은 목숨이니 연구 재료로나 협조해

달라, 뭐 이런 거네요."

"아, 아닙니다. 그런 뜻은 절대 없습니다만 불쾌하셨다면 다시 한 번 정중히 사과드리겠습니다. 저도 단지 회사 입장을 대변해서 말씀드리고 있는 것뿐이라서……."

"나가요."

"네?"

"일단 알겠으니까, 더 할 말 없으면 나가시라고요."

"……네. 알겠습니다. 저기, 혹시라도 필요하신 게 있으시면 언제든지 연락 주십시오. 그럼……."

설마 했던 덕수의 예상이 보기 좋게 정확히도 맞아 떨어지자 덕수는 몰려오는 허탈감을 이겨낼 수 없는 듯했다. 멀쩡했을 육체가 서서히 지쳐가듯 정신의 끈 역시 차츰 희미해져 가는 것만 같았다.

김 전무 일행이 떠나고 마치 고달팠던 오랜 하루의 끝을 마감하는 듯한 기분에 덕수는 상당한 피로감이 몰려왔다. 잠이 고팠다. 평소 몸이 성했을 때 힘들고 짜증나는 일을 겪을 때면 항상 모든 걸 뒤로 한 채 잠을 청하는 버릇이 있던 덕수였다. 아무 생각 없이 한숨 자고 나면 거짓말처럼 마음이 한결 편해지곤 하던 습관 때문이었다.

비록 지금은 항상 누워서 지낼 수밖에 없는 상황이 되어버렸고 잠이 들고 나면 왠지 다시는 깨어날 수 없을 것 같은 두려움 속에서 하루하루를 살아가고 있었지만 그래도 지금 이 순간 덕수는 오로지 잠이 필요했다. 잠이 모든 걸 해결해 줄 수 있을 것만 같았다.

'오늘은 차라리 잠에서 영영 깨어나지 않았으면 좋겠다.'

반듯하게 누워진 덕수의 양쪽 귀에 뜨거운 눈물이 고여 흘러 들어가는 것을 느끼며 그렇게 잠을 청했다.

며칠이 지났다.

병원에서는 계속되는 물리 치료와 몇 가지의 세부적인 신경심리검사가 더 남아있다는 이유로 퇴원을 미뤄두고 있었다.

복잡한 물류센터에서 이리저리 몸을 움직여가며 분주하고 치열하게 현장 일을 했던 사람이 조용하고 적막한 병실 침대 위에서만 종일 누워 지내려니 일상이 너무나 무료했다. 무엇 보다 본인의 의지로 할 수 있는 일이라곤 아무것도 없다는 점이 덕수를 더 힘들고 미치게 만들어 가고 있었다. 그저 고통스러운 시간만이 흘러가고 있을 뿐이었다.

덕수는 한 쪽 손만이라도 아니 손가락 단 한 마디만이라도 움직여주었으면 하는 간절한 소망으로 하루 대부분의 시간을 보내고 있었다. 그 단 한 마디의 손가락만 움직여 준다면 세상 어떤 일이든지 할 수가 있을 것 같았다. 덕수는 그렇게 생각하고 또 그렇게 절망했다.

'차라리 그게 나을 수도 있겠다. 이렇게 평생을 살 바엔…….'

꾸준한 치료와 함께라면 몸을 움직일 수 있을지도 모른다는 단 몇 퍼센트의 눈물 섞인 희망. 주위의 흔해 빠진 단 0.1퍼센트의 희망조차도 자신에겐 남아있지 않는다는 사실에 점차 순응하게 될 즈음 덕수는 혼자 이렇게 생각해 보았다.

김 전무와 동행했던 회사 측 변호사가 제시해 온 프로젝트의 제안 금액은 생각보다 상당한 액수였다. 그 돈이라면 덕수의 아내는 평생 고생하지 않고 편하게 지낼 수 있을 거라는 생각이 자꾸 머릿속에서 떠나질 않았다.

지게차 사고가 난 후 늘 어두운 얼굴로 자신의 곁을 따뜻하게 지켜주고 있는 아내의 슬픈 눈동자를 비스듬히 들여다 볼 때마다 덕수는 가슴이 미어졌다.

'……잘 될 수도 있지 않을까? 진짜 성공할 수도 있는 거잖아?'

머리로는 말이 안 된다는 걸 알지만, 영화 속에나 있을 법한 어처구니없는 이야기인줄 알지만, 혹시 모를 희망의 불씨는 무기력한 덕수의 가슴에 망상만을 더욱 불어넣어 주고 있었다.

죽을 날까지 침대에 의지해 살아내는 것보다 어쩌면 그

들의 달콤한 제안이 모든 사람들을 위하는 최고의 길이 될 수도 있겠다는 생각이 들었다. 자신의 삶을 이토록 비참한 삶의 굴레에서 벗어나게 해 줄 수만 있다면 말이다.

내일은 덕수의 퇴원 날이다.

그 동안의 육체적, 정신적인 충격과 하루하루의 악몽 속에 모든 것이 메말라가던 덕수였다. 그런 덕수도 퇴원 후의 삶에 대해 진지한 고민을 해봐야 했다. 퇴원 후에도 마냥 이렇게 숨만 쉬며 하루를 보낼 순 없었다.

"민주야, 오늘이 보상금 들어오는 날인가?"

"……응."

"들어왔는지 확인해 봤어?"

"오늘 오전 중으로 입금 될 거라고 했는데 아직 이네. 들어오겠지. 근데 입금 되면 오빠 점심 주고 나 잠깐 나갔다와도 돼? 은행가서 보상금 받은 거로 적금이라든지 뭐 그런 자산 운용에 대해서 상담도 좀 받고 엊그제 물류 사원직 지원한데서 오늘 면접 와 보라고 하니까 한번 갔다 와볼게. 나간 김에 한꺼번에 일 보고 오면 좋을 거 같아서. 괜찮지?"

"……그럼. 나가는 김에 바람도 좀 쐬고 와."

함께 하고 싶었지만, 아내가 없으면 모든 것이 불안해

내키진 않았지만 덕수는 자신도 모르게 아내에게 바람도 쐬고 오라는 말을 불쑥 해버리고 말았다. 지게차 사고 후 오늘까지 아무 것도 하지 못한 채 자신에게만 묶여 있던 아내의 모습에 대한 사무친 미안함 때문이었을 것이다.

덕수는 퇴원 후면 당장 자신을 대신해 삶의 최전선으로 뛰어들어야 하는 그의 아내가 너무나도 측은하게 느껴져 미안스런 감정들로 가득했다. 보험회사에서 나오는 보상금 외에도 회사에서 따로 지급되는 특별 퇴직금과 위로금이 있었지만 덕수 아내는 본인이 직접 일자리를 찾는 것을 택했다. 그리고 특별한 기술이나 어떠한 전문 지식도, 경력도 없던 덕수 아내는 덕수와 마찬가지로 한 물류센터의 계약직 현장 사원 모집 공고를 보고 지원을 할 수밖에 없었다.

"회사에서 입고 쪽에 자리 하나 만들어 준다는데 왜 다른 데로 갈려 그래? 내가 입고 관리자들한테 얘기해서 신경 좀 써달라고 하면 힘들지 않게 일할 수 있을 텐데."

"싫어. 나 오빠 다친 데서 일하고 싶지 않아."

덕수는 아내의 야무진 대답에 더 이상 말을 이어나갈 수가 없었다. 자신의 처지에 불평불만 없이 생계를 꾸려나가려고 노력하는 아내의 모습에 그저 감사하고 또 미안한 마음뿐이었다. 그나마 대부분의 물류센터에선 항상 구인난에 허덕이고 있었기에 아내가 쉽게 일자리를 찾을 수 있게 된 것은 정말 다행이라고만 생각될 뿐이었다.

입맛이 없던 덕수가 억지로 몇 술을 뜨고 난 직후 즈음 문자 메시지 알림이 울렸다.

"어머, 입금 됐나보다. 오빠, 나 잠깐 나갔다 올 테니까 졸리면 한숨 자고 있어. 알았지? 오빠, 뭐 필요한 거나 먹고 싶은 거 없어?"

"없어. 조심해서나 잘 갔다 와."

"응, 금방 올게."

덕수 아내는 덕수의 뺨에 살짝 입을 맞추고 병실을 나갔다. 그 뒷모습이 왜 이리 그리운지 문을 닫고 나가는 그 순간에도 벌써 아내가 보고 싶고 그리워짐이 느껴졌다. 평소 병원 안 자신의 곁에서만 문을 닫고 드나들던 아내의 뒷모습과는 사뭇 다른 뒷모습이었다.

'와이프가 없으면 어떻게 될까?'

덕수는 불현듯 쓸데없는 잡생각이 떠오르기 시작했다. 늘상 그래왔듯 이럴 땐 그저 잠에 의지하는 게 최고였다.

덕수는 눈을 감고 억지로 잠을 청해본다.

문 바깥 달그락거리는 소리들이 어렴풋이 들려왔다.

식기들 부딪치는 소리에 놀란 덕수는 부스스 잠에서 깨

어났다. 눈을 돌려 벽에 걸린 시계를 보니 벌써 병원의 저녁 식사 시간이 돌아오고 있었다. 하지만 어찌된 일인지 이 시간 즈음 항상 덕수의 곁을 지켰던 아내의 모습은 보이질 않았다.

'어디 있지?'

아내가 저녁밥을 타러 나갔을 거라 생각했던 덕수는 아무리 눈을 돌려 봐도 평소 아내의 옷가지와 소지품들이 보이질 않았다. 그때 마침 약을 배분하러 병실로 들어온 담당 간호사가 보이기에 덕수는 질문을 던져본다.

"저기…… 혹시 제 와이프 보셨나요?"

"아…… 아니요. 저녁 받으러 나가셨나? 잠시만요. 확인해 볼게요."

복도 쪽으로 반쯤 몸을 내밀어 밖을 살펴보던 간호사는 예상 밖의 대답을 전했다.

"안 보이시는 거 같은데요. 근데 보호자 분 아까 낮에 외출하시고 아직 안 들어오신 거 같거든요? 그 후로 보질 못했어요."

"……저, 죄송한데 전화 한 번만 해 주실 수 있으신가요?"

"네, 그럼요. 번호가 어떻게 되시죠?"

간호사는 주머니에서 휴대폰을 꺼내어 덕수가 불러준 전화번호로 전화를 걸어 보았다. 덕수는 순간 전화기를 귀에 대고 있던 간호사의 미간이 미세하게 찌푸려지는 것이 보였다.

"잘못 걸었나? 혹시 이 번호 맞는 거죠?"

혹여나 잘못 알아들었을까 간호사는 전화기에 눌려진 전화번호를 덕수의 눈앞에 가까이 보여 확인시켜 주었다. 그리고 덕수는 그제야 뭔가 잘못 되어가고 있음이 느껴졌다.

"……맞는데요. 왜, 안 받아요?"

"아니요…… 그게…… 없는 번호라고 나오는데요?"

"……그럴 리가 없을 건데요. 다시 한 번 해보시겠어요?"

"……지금 두 번이나 해 봤는데요. 아…… 어떡하지……?"

어찌할지 몰라 초조하게 발을 동동 구르고 있는 간호사의 모습을 앞에 두고 덕수는 망치로 머리를 세게 한 대 얻어맞은 듯 아무 생각도 아무 말도 떠오르지가 않았다.

"혹시 제 전화기가 이상한 걸 수도 있으니까 나가서 다른 전화로 한 번 해볼게요. 잠시 만요……."

조심스럽게 잠시만을 외치며 밖으로 뛰쳐나갔던 간호사는 시간이 제법 지났음에도 돌아오지 않았다.

덕수는 암흑 속에서 시력을 잃은 것만 같았다.

지금 덕수의 눈앞엔 병원의 식사를 담당하는 직원이 내려 놓아준 은색의 식판 하나 만이 덩그러니 놓여 있었다. 머릿속엔 전기가 흐르는 듯 찌릿한 감정이 느껴졌고 식은

땀이 나기 시작했다.

시간이 갈수록 속절없이 흐르기만 하는 덕수의 눈물 속에 병실 천장의 형광등 불빛은 점점 희미해져만 갔다. 눈물에 번져 조금씩 눈앞에서 사라져가고 있던 현실은 허상인지 아닌지 좀처럼 구분하기가 어려웠다. 정신을 차릴 수가 없었다.

주변이 차가워짐을 느끼고 눈물이 바다가 되어 덕수의 몸을 덮칠 것만 같은 소스라침을 느낄 무렵 덕수는 두 눈을 부릅떴다.

병실 안 공기의 뜨거움이 그대로 느껴졌다.

꿈이었다.

모든 건 제자리에 그대로였다.

덕수 아내는 바로 옆 간이침대에서 옆으로 돌아누워 덕수에게 얼굴을 향한 채 깊은 잠에 빠져있었다. 악몽의 여운으로 덕수의 심장만이 미친 듯 날뛰고 있었고 얼마나 흐른 눈물인지 덕수의 머리를 지탱해 주던 베개는 흥건히 젖어 기분 나쁜 축축함만이 온 몸의 세포 속으로 전이되는 것 같았다.

덕수는 정신을 가다듬고 주위를 다시 찬찬히 둘러보았다. 벽에 걸린 시계가 새벽의 한 가운데를 지나고 있음을 말해 주었다. 낡고 희미한 스탠드 불빛에 비춰진 아내의 실루엣은 너무나 고단해 보였고 그 옆으론 익숙해 보이는 다 낡아 떨어진 신발 한 켤레만이 아내의 곁을 지키고 있었다.

갑자기 찾아 온 이 기분 나쁜 찜찜함에 덕수는 아내를 깨워 대화라도 나누고 싶은 마음이 간절했다. 이내 차가워진 덕수의 눈 주변과 베개보의 축축함도 빨리 떨쳐내 버리고 싶었다.

그렇지만 덕수는 아내의 안돼 보이는 고된 잠을 방해할 수가 없었다. 아내가 지금 깨어난다면 왠지 멀리멀리 날아갈 것만 같았다.

결국 덕수는 뜬 눈으로 밤을 꼬박 지새웠다.

물류센터의 하루는 여전히 치열하게 돌아가고 있었다. 수시로 새로운 사람들이 들어오고 또 나가기를 반복했다. 분위기 파악을 잘하며 그에 따라 눈치 있게 적절히 적응하는 사람은 어떻게든 살아남았고 그렇지 않으면 도태되었다. 어느 누구에게도 그 흔한 친절함과 자세한 설명은 생략되어진 채 혼자만의 방식으로 터득하고 또 감당해야 했다.

덕수를 제외한 지게차 사원들도 모두 제 자리에서 그들만의 방식으로 일을 꾸려 나갔다. 누군가는 입에서 단내가 나도록 발로 뛰어다니며 최선을 다하는 모습을 보여주었고 누군가는 자신의 안위는 무시한 채 그저 지게차에 기대어 또 시간의 흐름에 기대어 적당히 하루를 보내고 있었다.

"덕수는 잘 있겠지?"

"그렇겠죠."

"연락은 해 봤냐?"

"아니요. 연락하기 좀 그렇잖아요."

"그렇지? 연락하자니 좀 뭐하고 안 하자니 또 걱정되고 그러네. 그래도 같이 어울리면서 친하게 지냈었는데."

"그러게요. 그 녀석도 참 안 됐어요. 그러게 조심 좀 하지……."

"지게차가 그렇게 위험한 거야. 지게차 사원들 돈을 괜히 많이 주겠냐? 이게 얼마나 위험한 건데 사람들이 그걸 잘 인지하지 못하고 막 탄단 말이야. 그러다가 사고 한 번 나면 이제 저렇게 되는 건데…… 안타깝다."

"그렇죠. 근데 형님, 그건 그렇고, 계속 그렇게 혼자 지낼 거예요?"

"뭔 소리야, 뜬금없이."

"아니, 결혼 안 해요?"

"야, 돈이 있어야 하지. 여자도 없고. 결혼을 뭐 혼자 하냐?"

"돈은, 무슨. 돈 없어도 다들 결혼 잘만해요. 일단 결혼해서 살면 어떻게든 다 된다니까요? 아, 좀 만나 봐요. 마음에 드는 사람 없어요? 있을 거 아니에요?"

"마음에 들면 뭐하냐고. 내 형편이 지금 이런데."

"형님이 뭐 어때서요? 다들 그러고 사는 건데. 아니면 여기서 한 번 찾아봐요."

"없다, 없어. 여기서 괜히 잘못 껄떡댔다간 소문만 이상하게 나고 찍히기만 하지, 뭐."

"제시 있잖아요. 형님, 제시 좋아하잖아. 내 눈은 못 속여요."

"아니야, 뭔 소리야. 야, 제시는 예전에 너하고 소문 좀 이상하게 나는 거 같더만."

"아니에요, 전 결혼했는데 무슨 큰일 날 말씀이세요. 처음에 제시 들어왔을 때 데리고 다니면서 이것저것 교육 좀 시켜 준건데 다들 이상하게 본 거지. 제시 마음에 들면 한 번 대시해 보세요. 자꾸 들이대야 뭐라도 이뤄지는 거죠."

"뭘 자꾸 들이대냐, 들이대긴."

"둘이 잘 어울리는데. 제시 괜찮잖아요. 제시 정도면, 뭐…… 형님도 성실하시고 또 대학도 나오셨고. 내가 볼 땐 괜찮은데. 함 만나보세요."

"야, 됐다. 조용히 일이나 하다가 다른 좋은 일 찾으면 나갈란다."

내일 모레 사십 중반을 바라보고 있는 진수는 인제에게

마음을 들킨 것만 같아 얼굴이 화끈 달아오름을 느꼈다.

번듯한 직장 한 번 다녀보지 못하고 운영하는 가게도 잘 되질 않아 느지막한 나이에 물류센터로 들어오게 된 진수는 많은 부분들에 있어 스스로 위축되어 있던 것이 사실이었다. 물론 요즈음은 대다수가 늦은 결혼들을 한다고는 하지만 그것도 어느 정도 갖추어져 있는 사람들에게나 해당되는 말이었다. 무엇 하나 제대로 준비해 놓지 못해 남들과 비교되는 보잘 것 없는 초라함에 진수는 종종 자기 자신을 자책하며 기가 꺾이곤 했었다.

그리고 무엇 보다, 그러한 뒤늦음을 따라가기에도 이미 너무 많이 늦어버린 것만 같았다. 늦었다고 생각되어 뒤를 돌아보았을 땐 이미 되돌릴 수 없는 거리에 멀찌감치 서 있는 자신의 모습에 실망을 느꼈던 순간이 한 두 번이 아니었던 것이다. 남들은 늦었다고 생각할 때가 가장 빠를 수도 있다는 말들을 자주 했지만 진수의 늦음은 손닿을 수 없는 저 먼 곳에 있는 것처럼 아득하게만 느껴져 이제는 더 이상 만회할 수 없을 것만 같아 보였다.

"형님들, 여기 계셨군요? 역시 대단 하십니다. 보이지 않는 곳에 이렇게 짱 박혀 계실 줄이야!"

"영재야, 이런 게 바로 짬이라는 거야. 아직 멀었네, 영재."

CCTV로는 잡히지 않는 사각지대에 지게차를 맞대어 놓고 얘기를 나누고 있던 진수와 인제. 아무리 여기저기에 카메라를 추가로 설치해 놓았다고는 하지만 여전히 보이지 않는 틈새는 항상 존재하고 있었다. 두 사람은 멀리서부터 지게차가 가까워지는 소리에 영재가 다가오고 있음을 벌써 눈치 채고 있던 터였다.

"영재야, 넌 덕수한테 연락 좀 하냐?"

"아니요, 어떻게 연락을 해요."

"그럼 우리 중에 덕수한테 연락하는 사람 아무도 없는 거네."

"연락하면 뭐 하겠어요. 어떻게 도와줄 수 있는 것도 아닌데요."

"영재, 너도 조심해라. 지게차 막 급하게 빨리 타고 다니지 말고."

"빨리 타고 싶어도 이거 속도를 줄여놔서 나가질 않아요. 혹시 형님 꺼도 5㎞로 속도 제한시켜 놨어요?"

"어. 덕수 사고 나서 속도 다 조정해 놨나봐. 5㎞ 이상 안 나가더라. 안 그래도 답답해 죽겠다."

"난 이것만 그런 줄 알고 내일 다른 거 타려고 했는데. 아니, 고작 2㎞ 차인데 이렇게 속도 차이가 나는 줄 몰랐네요. 이거 걸어가는 게 더 빠른 거 같아요."

"그러게. 2㎞ 차이가 크네. 속도도 안 나고 지게차 타는 재미도 없고 그러네."

"아니, 이래 놓고 일 빨리 안 끝낸다고 뭐라고 하면 안 되는 거 아니에요? 지게차가 움직이는데 한계가 있는데. 지게차가 빨리 가야 일을 빨리 끝내지."

"그러니깐 웃긴다는 거야. 지들이 일할 수 있는 환경을 먼저 이 따위로 만들어놓고 생각 없이 일만 시킨다니깐. 닭대가리들이야, 진짜. 아…… 옛날 같으면 내가 뭐라고 한마디 했을 건데. 이제 몰라, 안 해. 말해 봐야 나만 나쁜 놈 되니까 이젠 입 다물고 있을 랍니다. 개판 되든지 말든지."

"그래, 잘 생각 했어. 뭐 하러 말해. 말해 줄 필요 없어. 말해줘 봐야 상주는 것도 아닌데. 그리고 쟤들은 우리더러 쉬지 말고 계속 일 하라는 거 아니겠냐. 지게차 좀 느려도 계속 움직이면 되니까. 뺑이 치면서 소처럼 계속 일만 하라는 뜻이지, 뭐. 니들 형이 꼭 말을 해줘야 알아?"

"아니에요. 저는 소가 되기 싫어요. 그냥 지게차 가는 속도대로만 맞춰서 천천히 일 할래요. 그러다 시간되면 일하던 거 멈추고 그냥 집에 가면 되잖아요. 아니, 지게차가 느려서 그런 걸 어떡해요. 안 그래요?"

"그래, 영재말도 맞다. 사고 나서 다치는 것보다 그게 낫지. 맘대로 해. 맘대로 하고 욕만 먹지 마라."

"욕 하면 뭐…… '죄송합니다.' 하고 다시 일하면 되는 거죠. 형님들, 저 먼저 갈게요."

"아…… 저 긍정적인 자식. 부럽다, 진짜. 형님, 우리도 이제 움직이시죠."

"그러자. 근데 영재 재는 참 체력도 좋아. 낮에 다른 일 하면서 지치지도 않는지 지게차도 계속 움직인단 말이야."

"그러게요. 근데 그게 우리네 가장의 모습이 아닐까 싶네요."

"오…… 인제 너도 이제 나이가 좀 드나보다?"

멀어지는 영재의 뒷모습에 웃으면서 한 마디씩 던진 인제와 진수는 다른 지게차 사원들의 움직임이 분주해지는 것이 얼핏 보이자 남은 일을 마무리 지으려 함께 천천히 지게차를 움직였다.

며칠 후, 지게차는 다시 속도 제한이 풀려 예전의 7㎞ 속도로 복구가 되었다. 누군가 건의를 해서 그렇게 된 것인지 아니면 본사 관리자들의 분석과 판단에 의해서 다시 바뀌게 된 것이었는지는 알 수 없었다. 다만 한 가지 확실한 건 무언가 문제가 생기고 그 문제점에 대해 사원들이 더 나은 개선 방안을 제시했을 때 그것이 제대로 반영되는 경우는 지금까지 단 한 번도 일어나질 않았다는 점이었다. 오히려 역으로 문제점에 대한 개선 방안을 제시한 사원만이 말을 듣지 않는다는 이유로 문제 사원으로 찍히게 될 뿐이었다. 그러니 사원들은 뒤에서만 수군거리기 일쑤였고 물류센터가 발전해 나가는 데는 오랜 시간이 필요했다.

똑똑한 사원들의 의견은 완벽하게 차단되거나 무시되고 행여나 자신보다 더 나은 능력을 지닌 것 같은 라이벌이 나타났다 치면 철저히 짓밟아 미리 싹을 죽여 놓는 지저분한 약육강식의 세계. 부끄럽고 비참했지만, 그것이 이곳 물류센터의 민낯이었다.

이번 분기만 해도 벌써 몇 번째의 임원 회의 소집인지 모르겠다. 일부러 그럴 리야 없겠지만 신 회장은 근래 들어 임원들을 자주 소집해 핀잔을 주는 일이 잦아졌다.

"내가 볼 땐 일을 해 볼 의욕들이 없다는 걸로 밖에는 안 보여. 다들 지금 뭐하자는 거야? 앉아서 꼬박꼬박 월급 받는 거 미안하지도 않아 들?"

그리고 그렇게 임원 회의가 진행될 때마다 사무실 안 공기는 숨소리를 제대로 내기 힘들 만큼의 정적이 흐르고 탁하기만 했다.

"김 전무."

"네, 회장님."

"할 말 없어? 이래서 내가 믿고 일을 맡길 수 있겠어? 아…… 나, 돌아버리겠네. 지금 하루 늦어질수록 손해가 얼마인지는 알아? 그거 니 연봉에서 깔까? 아니면 김 전무 니가 대신 로봇 될래?"

"……."

"그럴 순 없잖아, 김 전무야…… 그러면 제발 빨리빨리 진행을 좀 하자고, 어?"

"……저, 회장님. 지난번에도 한 번 말씀드렸다시피 일단은 물류센터 내 기존에 설치해 놓은 FT봇1에 대해서 확실하게 진행 작업을 확인하신 후에 움직이시는 것도 현 상황으로 봐서는 나쁘지 않을 것 같습니다."

"FT봇 같은 소리하고 자빠졌네. 이런…… 야! 너, 이 새끼야! 지금 그걸 몰라서 지껄이는 소리야? 그거는 투자 문제 때문에 형식적으로 설치해 놓은 거 아니야, 인마! 내가 지금 그깟 거 때문에 이러고 있는 줄 알아? 아…… 나, 이 사람 또 답답한 소리하고 앉아 있네. 김 전무, 너 진짜 왜 이러냐."

"……죄송합니다."

"뭐 맨날 말로만 죄송합니다야. 죄송한 줄 알면…… 하아…… 됐고! 조 이사, 요즘 물류센터 재고는 또 왜 이렇게 안 맞아? 이거 로스가 왜 이리 많아? 뭐 문제 있어?"

"아닙니다. 그게, 지금 자료 분석중이라 데이터가 곧 나올 겁니다."

"분석 자료 나오면 내 방으로 올려. 그리고 내일 오전 중으로 센터장 들어오라 그래. 내가 직접 물어볼 테니까."

"네, 알겠습니다."

"양 변호사."

"네."

"지게차 사고 난거 외부에 많이 알려지면 곤란해. 언론 통제 잘 되고 있는 거지?"

"네, 문제없이 되고 있습니다."

"계속 신경 쓰고. 그리고 그, 내가 말한 거, 서류 작업은 다 끝난 거야? 법률적으로 문제없는 거지?"

"네, 회장님. 모든 서류, 당사자들 싸인만 받으면 바로 진행할 수 있게 서류 작업 다 준비 시켜 놨습니다. 그리고 예외적인 사항들 혹은 그에 따르는 변수들까지 법률적으로 모두 검토해서 법적인 절차까지 다 마무리 지어 놨습니다."

"봐. 문제 없다잖아. 그러니까 인공 지능 로봇으로 빨리 개발하면 좋잖아. 일단은 지게차가 가장 시급하다니까 하나하나 만들어 보자는 거 아니야. 로봇으로 대체하면 지게차 애들 곤조부리고 일 안하는 놈들 다 잘라버리면 그만 아니야? 이렇게 머리 아프게 왜 재고가 안 맞는지 일일이 들여다 볼 필요도 없고. 좋잖아? 결국 나중 가서 물류센터 인원들 싹 다 로봇으로 대체해 버리면 사고도 안 나, 불평

불만 없어, 어? 또 뭐 있어, 도난 걱정도 없지, 밥도 안줘도 되지, 그냥 충전만 시켜서 계속 굴리면 24시간 무한 에너지로 써먹을 수 있는 거 아니야. 사이보그 형식으로 만들어서 물류센터에 쫙 깔아버리면 노조가 필요해 뭐가 필요해. 골치 아플 일도 없고 돈이 얼마가 세이브가 되는 건데. 안 그래? 안 그러냐고? 이게 나만 바라는 건가? 어? 나만 원하는 세상이야?"

고갤 숙이고 듣고 있는 회사의 중요 임원들 앞에서 열변을 토해내고 있는 신 회장의 얼굴에선 예전엔 미처 찾아볼 수 없었던 광기가 서려 있었다.

신 회장이 그토록 바라고 원하던 세상은 과연 누굴 위한 세상이었을까.

"이게 다 모인거야?"

오늘은 입고 반장이 업무 시작 전 지게차 사원들을 모아놓고 조회를 한다.

"야…… 우리 지게차 사원들 보니까 든든하네. 자, 지게차 조장님이 오늘 연차라 내가 대신 전달 사항만 빠르게 전달해주고 바로 일 시작하는 걸로 할게. 얘기 들어서 아는 사람도 있겠지만 요즘 센터 내에서 물건들이 많이 없어진다고 해. 다들 알거야. 얼마 전 경찰들도 왔다 갔다 했던 거. 근데 예전 같으면 물건 없어졌을 때 우리가 여기저기서 막 찾다 보면 어디선가 발견되곤 했었는데 지금 지난번에 없어진 한 빠는 아직까지 나오질 않고 있어. 어떻게 된 건지는 모르겠는데, 분명히 뭔가 문제가 있는 거지. 그 한 빠도 그렇고 출입구에 보안 검색대를 세웠는데도 불구하고 지금 자잘하게 재고가 안 맞는 것들이 여전히 엄청 많이 나오고 있어. 그러니까, 뭐…… 여기 있는 우리들은 그럴 리 없겠지만, 혹시라도 일 하다가 단기들이나 혹은 누구라도 물건에 손을 대거나 하는 현장을 발견하게 되면 주변에 있는 관리자들한테 바로 얘기를 좀 해줬으면 좋겠어. 꼭 우리 입고 관리자들뿐만 아니라 출고 관리자들한테 말해도 상관없으니까 혹시 불미스러운 일 목격하게 되면 입·출고 가리지 말고 관리자들한테 꼭 지체 없이 얘기를 좀 해달라고. 그리고 지금 자체적으로 보안 검색도 더 강화하는 방향으로 방법을 모색 중이라고 하니깐 우리도 좀 협조를 해줘야 할 것 같아. 아는지 모르겠는데 얼마 전에도 단기 사원 한 명이 옷 속에 메모리 카드 몇 개 넣고 나가다가 보안 요원한테 걸려서 본사 관리자들이 경찰서 갔다 오고 했었나봐. 주간에 일어났던 일인데, 아무튼 누구라도 걸리게 되면 무조건 선처 없이 법대로 절차 밟는다고 하니까 그렇게들 알고 있고. 어, 뭐 할 말 있어?"

"그럼 지난번에 없어진 한 빠는 아직도 못 찾은 거예요? 입고 잘못 잡은 게 아니고요?"

"입고는 분명히 잡혔는데 물건이 없어. 그게 프라임 존으로 들어갈 물건들이라 그날 입고 잡은 사원들이 분명히 물건을 기억해서 전산 잡은 거는 확실히 기록에 남아있는데 실제 물건은 아무리 찾아봐도 안 나왔어. 그래서 일단 잠정적으로 우리 센터 내에는 그 한 빠가 없는 걸로 결론이 났어. 희한한 일이지?"

"카메라 돌려보면 나오지 않을까요?"

"다 돌려봤는데 안 나왔나 봐. 그렇잖아도 그래서 다들 이상해 하고 있어. 그래서 그 후로 사각지대 없앤다고 추가로 카메라 설치 여기저기 많이 해 놨잖아. 니들, 보면 알 수 있잖아? 말 나온 김에 다들 조심해. 일 안하고 농땡이 치는 거 본사 애들이 다 보고 있을지도 몰라. 지금 CCTV만 전담해서 하루 종일 모니터하는 사람 온다는 소문도 있어."

"오…… 그거 완전 땡보직이네요. 지원하고 싶네."

"지원? 야, 그런 보직 있으면 나도 하고 싶다. 아무튼, 또 궁금한 거 있는 사람? 없어? 근데 내가 하나 더 말할게 있었는데…… 음…… 아, 맞다. 그리고 파손 상품들. 특히 먹는 상품들 파손 나는 것들 있잖아. 우리 지금 여기 센터 내에 과자도 있고 빵도 있고 뭐 많은데. 그런 것들 일하다가 지게차 포크로 찍든 아니면 떨어뜨리든 해서 파손 나도 앞으론 절대로 먹지 마. 배고픈데 뭐 좀 튀어 나왔다고 먹어도 괜찮겠지 하고 막 먹지 말란 말이야. 지금까지는 그런 일 있어도 그냥 넘어가고 했는데 앞으로는 내용물 없어지면 무조건 카메라 돌려서 잡아낸다니까 조심들 하라고. 이제는 그런 것들도 사유서 받고 바로 그 자리에서 퇴사시킨다고 하니까 잠깐 배고프다고 필요 없는 행동하다가 불미스러운 일 당하지 않게 다들 주의하라고. 힘들게 일하다가 그런 일로 퇴사하게 되면 쪽팔리잖아, 안 그래? 그리고 말이 좋아 퇴사지 잘리는 거야. 그렇게 되면 이력에도 안 좋을 수 있고. 여러 가지로 서로 기분 나빠질 수 있는 상황은 만들지 말자고. 알았지? 그래, 그럼. 오늘 주요 전달 사항은 여기까지니깐 할 말 더 이상 없으면 각자 포지션으로 이동해서 오늘도 열심히 해보자고. 우리 지게차 사원들은 뭐 일일이 말 안 해도 알아서들 잘 해주니까 업무적인 거는 내가 따로 말 안할게. 중간에 전달 사항 생기면 바로 바로 무전으로 알려줄 테니깐 알아서 잘 좀 해주고. 무전들 좀 잘 들어주고. 혹시 무슨 일 생기면 바로 나한테 얘기만 해 줘. 알았지? 그럼, 수고."

이곳 물류센터가 누군가에겐 힘들고 지치는 또 외로운

최악의 직장일 수 있겠지만 또 다른 누군가에겐 온갖 편의를 누리며 삶을 윤택하게 만드는, 기회를 잡을 수 있는 최고의 직장이 될 수도 있었다. 물론 살아왔던 각자의 가치관이 달랐을 것이고 개인의 부단한 노력 여부와 약간의 설익은 운에 따라 삶의 방향성이 좌우될 수도 있었을 것이다.

그렇지만 어찌되었든, 결과를 중요시하는 결과론적인 입장에선, 수단과 방법을 끌어안고 스스로 최고의 직장을 만들어 가는 누군가가 승자가 되어 모든 것들을 누릴 수 있는 세상인 것만큼은 확실했다. 그리고 그러한 과정에서 발산될 수 있는 용기와 집착 그리고 가녀린 눈물들은 어쩔 수 없이 산출되어 지는 우리들 삶의 일부분에 불과할 뿐이었다.

결국 그러한 배경에 순응하고 살아갈 수밖에 없는 미약한 우리들의 모습이, 바로 현실 속 거울 앞에 보이는 나약한 내 자신의 모습인 지도 몰랐다.

"와…… 그걸 아직도 못 찾은 거예요?"

영재와 인제 그리고 진수는 휴게 시간이 되자 자판기에서 막 꺼내온 차가운 음료를 하나씩 손에 쥔 채 모여 잠깐의 여유를 가지고 담소를 나누는 중이었다.

"이번에 이거 못 찾으면 진짜 역대급 아니에요? 이렇게 빠로 없어진 적이 예전에 또 있었어요?"

"내가 알기론 한 빠 통째로 없어진 건 여기 생기고 지금 처음 있는 일이야. 그래서 이번에 센터장 바뀐다는 소리도 있고 좀 뒤숭숭한가 보더라. 하필 비용이 좀 나가는 게 없어져서 골치 아픈가 봐."

"그게 몇 억 짜리라며?"

"네. 프라임 존에 있는 것들 다 그렇잖아요. 한 빠렛당 수천에서 수억 짜리들이니."

"그러고 보면 저희가 지게차로 웬만한 자동차나 집 한 채씩 들고 다니는 거였네요?"

"그러네. 그렇게는 또 한 번도 생각해 본 적이 없었네. 영재, 니 말이 맞다. 비싼 물건은 한 빠에 진짜 몇 억씩 하잖아. 계산해 보면 나오잖아. 안 그래?"

"조심해야겠는데요? 그냥 아무 생각 없이 막 타면서 들어 올리고 내리고 했는데."

"야, 니 말 듣고 나니까 진짜 좀 조심스러워 진다. 프라임 존 거는 웬만하면 작업하지 말아야겠네. 걔네들이 우리가 프라임 존 작업하는 건 또 유심히 지켜볼 거 아니야."

"그냥 똑같이 하면 되지 뭘 또 그런 걸 다 생각하면서 일하고 그래요. 물건만 안 없어지면 되는 거죠, 뭐."

"그렇긴 한데, 그래도 살 떨린다. 근데 내가 볼 땐, 이번에 없어진 거 만약에 정말 센터 내에 물건이 없고 입고를 제대로 잡은 거라면 분명히 지게차가 개입됐을 거야. 주간이든 우리 야간이든지 간에. 그렇지 않으면 불가능 해."

"그렇죠. 아, 맘만 먹으면 이거 몇 빠 가져가는 거 일이겠어요? 막말로 여기 아무데나 있는 것들 다 반송기로 내려서 도크 밑으로 빼놓고 카메라 안 보이는 곳에 차 한 대 대놓고 바로 실어버리면 일도 아니죠."

"그렇지. 입고 물량 터졌을 땐 밖에 여기저기 어지럽게 물건들 엄청 널려 있으니까 뭐가 뭔지도 잘 모를 거고. 혹시라도 관리자가 왜 밖으로 빼냐고 물어봐도 입고 잘못 잡아서 다시 밖으로 잠깐 빼놓는 거라고 둘러대면 그만이고. 그걸 관리자들이 하나하나 확인 할 놈들도 아니잖아."

"저 병신들 물어보지도 않아요. 지게차 애들이 알아서 문제없이 잘 하잖아요. 쟤들은 관심이 없는 애들이라 우리가 뭐 하고 있는지도 모를 텐데요, 뭐. 쓸데없는 걸로 트집잡아서 사원들 이간질이나 시킬 줄 알지."

"그러니까 내가 볼 땐 지게차 혼자로는 좀 불가능할 거 같고 마음 맞는 사람 딱 두 명만 있어도 진짜 가능해. 한 명이 위에서 내리고 한 명이 밑에서 받아서 정리하면 되니까. 일단 받아서 일 층 어디 짱박아놓고 기회 봐서 처리하면 되거든. 아니면 일 층에 있는 물건이면 더 쉽지. 둘

다 일 층 근무하는 날이면 한 명은 도크 위에서 빼주고 한 명이 도크 아래서 좌식으로 받아서 안 보이는 곳으로 이동해서 실어버리면 되잖아. 트럭에 갖다 실으면 일하는 것처럼 보이는데 누가 뭐라 그러겠어. 그냥 당당하게 하면 되는 거지.”

“와…… 진짜 그러네요. 그럼 제가 쉬는 날 형님들 일 층에 계실 때 일 톤 트럭 하루 빌려서 한 번 가져와 볼까요?”

“야, 이론상으로만 그냥 가능하다는 거야. 빨간줄 긋고 싶으면 너 혼자 한 번 해 보던가.”

“농담하는 거죠. 근데 누군가는 진짜 실행 했을지도 모르는 거잖아요?”

“그건 아무도 모르는 일이지. 당사자들만 알겠지. 내가 볼 때 우리 야간에서는 새로 온 애, 병욱이라 그랬나? 걔 말고는 그렇게 할 만한 애들은 없을 거 같고. 근데 또 혼자서는 좀 어려울 거라서. 아니면 주간에서 그랬다는 건데…… 확률적으로 새벽에 하는 게 더 쉬울 거 같기도 해서. 난, 잘 모르겠다.”

“근데 오히려 낮에는 누가 감히 그럴 생각을 하질 못하니까 그런 틈을 노려서 주간에서 그랬을 수도 있는 일이죠.”

“그것도 그렇긴 하지.”

“근데 그건 형님 말대로 당사자끼리만 알지 우리가 알

수 없는 일이라 함부로 얘기하고 다니면 안 될 거 같아요. 증거도 없이 괜히 떠들고 다녔다가 무고죄로 고소당하면 안 되니까 조심해야죠. 확실하지도 않은데 괜히 여기저기 적을 만들 필요는 없잖아요."

"당연하지. 나도 지금 우리끼리만 있으니까 하는 얘기지 여기서 누구 하나 더 끼면 이런 얘기 하겠냐."

"그래서 왜 예전엔 물류센터에서 없어지는 물건들 인터넷 중고 사이트에 올라오는 거 모니터링해서 잡아내는 경우도 종종 있었는데. 지금도 그러는 지 모르겠네."

"근데 그것도 멍청하게 한꺼번에 여러 개씩 막 올리고 하니깐 걸리는 거지, 한 개씩 각개 전투로 가면 걸리겠냐? 다 멍청하니까 걸리는 거라니깐?"

"그렇긴 하죠. 주변에 선물로 돌려도 되고 급하지 않게 하나씩 처리하면서 장기적으로 보고 가면 부수입으로 짭짤한 거죠."

"……그게 정말 어디로 간 걸까요. 진짜 궁금하네요. 만약에 정말 누군가 가져간 거면 그 사람 엄청 똑똑한 건데. 여기 카메라 사각지대랑 동선이랑 다 외우고 했을 거 아니에요. 그런 머리로 일을 열심히 했으면 센터장 할 수 있을 텐데."

"아무튼 결론적으로는 내부 사정 잘 아는 놈일 거고. 근데 또 의외로 생각지도 못하게 본사 관리자들이 그랬을 수도 있다? 우리 새벽 4시에 일 끝나면 아침 9시까지 센터 비잖아. 그 사이에 사람 불러서 가져가면 누가 알아. 보안 요원들 있다고는 하지만 걔들 형식적인 거고 또 본사 관리자가 일적으로 보내는 거라는데 누가 뭐라 그럴 거야. 그런가 보다 하겠지. 안 그러냐? 그리고 사원들한테만 몰아가는 거지. 물건 없어졌으니까 책임지라고. 카메라는 근무시간 중에 녹화된 것만 돌려 보고. 지들 마음인데 뭐 누가 뭐라 그러겠어."

"오…… 그럴 수도 있겠다. 여기 그전에 있던 본사 관리자 애들이 물건 엄청 가져갔다 잖아요. 지금은 보안 검색대 때문에 못 하니까 혹시 그런 식으로? 역시 진수 형이 유학파라 다르네. 머리가 좋아."

"야, 여기서 유학파가 왜 나오냐. 그리고 유학파 아니라니까, 좀."

"와…… 진짜 그러면 소름인데요? 완전 허를 찌르는 대반전이에요."

"그러니까 그건 아까도 말했듯이 영원히 알 수가 없는 일이니까 우리가 여기서 암만 떠들어 봐야 소용없는 일인 거고. ……그나저나 덕수는 어쩐다냐? 난 그 녀석만 생각하면 참 마음이 그렇다."

"아, 형님, 덕수 얘기 못 들으셨죠?"

"뭐? 덕수랑 통화해 봤어?"

"엊그젠가, 출근길에 잠깐 보고 왔는데 완전 대박 소식이 하나 있어요. 나, 참. 듣고 나서 어이없어서, 진짜. 본사에서 덕수한테 나와서 별 미친 소릴 하고 갔더라고요."

인제의 기가 막혀하는 얼굴 표정과 몸짓에 영재와 진수는 온 신경을 곤두세워 인제의 말에 집중을 할 수밖에 없었다. 목이 타는지 인제가 찬 음료를 벌컥벌컥 들이키는 동안 잠깐의 정적이 흘렀고, 마침내 인제는 덕수에게 들은 이야기를 차근차근 풀어 설명해 나갔다.

잠시 뒤 인제의 이야기를 다 듣고 난 영재와 진수의 얼굴엔 약간의 실소가 잠깐 흘러나오는 듯하더니 이내 믿기 힘들다는 듯한 멍한 표정으로 잠시 서로를 번갈아 바라보고만 있었다.

"……그럼 덕수 로보캅 되는 거예요? 아니…… 이거 웃으면 안 되는데 자꾸 웃음이 나오는데요?"

"개네 무슨 영화 찍는다니? 저기 경비실에 진풍이 같은 소리하고 자빠졌구먼?"

"진풍이 같은 소리는 뭐예요?"

"개 같은 소리. 아니 무슨 그런 개소리를 그렇게 진지하게 하고 갔대냐?"

"형님, 지금 안 그래도 웃긴데 형님까지 그러시면 어떡해요?"

"아니, 그렇잖아. 무슨 말도 안 되는 헛소릴 하고 자빠졌어. 야, 이거 진짜 리얼이야? 너 농담하는 거 아니지?"

"제가 덕수 얘기로 지금 농담하겠어요?"

"아니 이 새끼들 누굴 개호구로 보나. 아…… 나, 또 열받네."

"그러니까요. 무슨 생체 실험도 아니고 그건 그냥 사람 죽이겠다는 거잖아요."

"그래서 덕수는 뭐라 그랬데?"

"그냥 아무 말도 안했나 봐요. 덕수도 황당해서 일단 그냥 가라고만 했는가 봐요."

"그렇겠지. 얼마나 황당했겠냐. 내가 지금 들어도 당황스러워서 뭐라고 할지를 모르겠는데 덕수는 오죽했겠냐."

"그럼 그 사람들은 덕수를 로보캅 만들어서 우리가 지게차 충전하듯이 덕수 몸에 충전해서 계속 막 일시키는 거예요? 백만 스물 하나, 백만 스물 둘, 이러면서 막 팔 굽혀 펴기 하고? 옆구리에 뚜껑 하나 만들어서 딱 열고 충전하고 막 이런 거? 이거 죽이는데요?"

"그 새끼들 영화를 너무 많이 봤나 보네. 너무 멀리 갔어."

"제정신들이 아닌 거죠."

"아…… 나 생각할수록 신박한 새끼들이네."

침울했던 덕수의 얘기로 시작됐었지만 마침내는 셋이 웃고 즐기는 것으로 마무리가 되는 묘한 분위기였다.

정신없이 떠드는 사이 손에 들려진 음료가 다 비워진 지는 벌써 오래였고 업무 시간이 다시 돌아오자 셋은 각자의 지게차로 돌아가 업무를 이어가기 시작했다.

"형님, 오늘 끝나고 간단하게 밥이나 드시고 가시죠. 덕수 얘기도 좀 할 겸 해서요."

"그럴까? 그래, 오랜만에 셋이서 간단히 밥이나 먹고 가자. 영재도 괜찮지?"

"아…… 저는 내일 오전에 일찍 일이 좀 있어서요. 빨리 가서 조금이라도 자둬야 할 것 같아요. 죄송하지만 저는 먼저 들어가 보겠습니다."

"영재 넌 맨날 뭐가 그렇게 바쁘냐. 쉬엄쉬엄해라, 몸 상한다."

"야, 가끔은 끝나고 같이 술도 좀 마시고 그러자."

"네……."

"보면 항상 바른 생활이야, 우리 영재는."

"야, 뭐라 하지 마. 집에 애들이 아직 어리잖아. 그래, 들어가 봐. 오늘만 날이 아니니깐."

업무가 마무리 되자 영재는 홀로 차를 몰고 집으로 돌아왔다. 시계를 보니 여느 때와 마찬가지로 새벽 5시를 살짝 넘어가고 있는 시간이었다.

새벽의 집 안 공기는 차분하고도 차가웠다. 영재는 다시는 이 새벽의 기분을 느껴보지 못할 줄로만 알았다. 끔찍했던 대형 자동차 사고로 인해 모든 것이 제자리로 되돌아오기 전까지는 말이다.

수 년 전 퇴근길, 영재의 차는 마주 오던 음주 상태의 대형 화물차와 부딪혀 차량이 반파되는 끔찍한 사고가 일어났고 덕수와 같이 전신이 마비되었던 영재는 회사 측의 도움을 받아 지금의 모습으로 다시 태어나게 되었다.

'내 후배가 생긴단 말이지. 설레는구먼. 지금은 기술이 얼마나 더 발전 했으려나…….'

거울에 비친 자신의 모습에 만족하며 의미심장한 미소를 가득 지어 보이던 영재는 평상시처럼 곧 자신의 방으로 들어가 철제 의자를 집어 들었다. 그리고 침대 옆에 자리 잡은 뒤 곧 자세를 바르게 고쳐 앉았다. 그리고는 익숙한 듯 윗옷을 걷어 올린 채 배의 정 가운데 부분에 위치한 살색 뚜껑을 돌려 열고 한쪽 벽면에 설치된 충전기를 뱃속에 집어넣어 충전을 하기 시작했다.

새벽의 고요함을 파괴하는 '윙' 하는 충전 소리와 함께 잠시 몸이 찌릿해지는 전율이 느껴지는 듯하더니 영재의 눈은 이내 서서히 감겨지기 시작한다. 이제 5시간만 지나면 영재는 다시 혈기 왕성하게 움직일 수 있게 될 것이다.

어찌 보면 지금 영재가 누리고 있는 사이보그의 삶도 그런대로 나쁘지는 않은 것 같았다. 인간이라는 생명체로서의 많은 것들을 포기하고 살게 되었지만 대신 영재는 그 삶을 대신할 무한 에너지를 얻을 수 있었다. 힘겨운 밤을 꼬박 지새우고도 고작 5시간의 완충이면 다시 상쾌한 아침을 바로 맞이할 수 있었던 것이다. 덕분에, 지치지 않는 경제활동으로 인한 풍요로운 살림살이는 기본이고, 몸 속 작은 부속품이나 회로에 이상이 생기지 않는 한 컨디션은 항상 100%로 유지될 수 있는 짜릿한 즐거움도 맛볼 수 있었다. 가족이 있는 영재를 배려해 회사 측에서 고가의 충전기까지 집 안에 설치해 주었으니 영재에겐 더할 나위없는 고마움이었다.

현재 영재는 세계 각국의 연구원들과 수시로 몸속의 데이터를 주고받으며 지게차 사원으로서의, 또한 A.I. 로봇으로서의 역할을 묵묵히 수행해 나가고 있다.

그렇게, 언젠가 완벽한 A.I. 인간들이 지게차를 마음대로 조종하게 될 수 있는 그날까지, 영재는 달리고 또 달려야만 한다.

지게차 왕

“영재야! 영재야! 얘 이거 깊이 잠들었네. 야, 인마! 최영재!”

“어, 네. 네. 웬일이세요?”

깜짝 놀라 몸을 뒤척이며 눈을 흐릿하게 뜬 영재는 눈앞에 인제가 서 있는 것도 순간 분간하지 못했다.

“정신 차려, 인마. 여기서 자고 있으면 어떡해? 너 지금 한 시간 동안 여기서 이러고 잤어. 어디 몸 안 좋아?”

영재는 여전히 퀭한 눈으로 몸을 반쯤 일으킨 채 천천히 주위를 둘러보았다. 지게차 사원들의 전용 휴게 공간이었다. 생각해 보니 오늘 마지막 휴게 시간에 너무 피곤해 의자를 이어 붙여 놓고 잠깐 눈만 좀 붙인다는 게 이렇게나 시간이 흘러버린 모양새였다.

순간 배에서 이상한 소리가 들려 영재는 황급히 자신의 상의를 들어 올려 배를 만져봤다.

'아…… 꿈이었구나.'

찰나의 안도감에 빠지면서도 갑자기 온 몸이 무기력해짐을 느낀 영재는 자신의 꿈 내용이 악몽인지 길몽인지 순간 그것조차 분별할 수가 없었다. 마치 깊은 잠의 꿈속에서 또 다른 꿈을 꾼 것만 같았다. 그럼에도 이마에 촉촉이 맺힌 작은 땀방울들과 뱃속에서 다시 한 번 울리는 꼬르륵 소리는 자신이 살아 숨 쉬고 있다는 사실을 말해주고 있는 것만 같아 그저 진한 감사함만이 여운으로 다가 오고 있을 뿐이었다.

"너 배고프냐?"

아무도 없어 조용한 휴게실의 휑한 공간에서 연이어 크게 들리는 영재의 뱃소리에 인제가 웃으며 물어본다. 영재는 그제야 어둠 속 앞에 서 있는 인제의 얼굴이 눈에 들어왔다.

"너 여기서 자고 있는 거 아직 아무도 모르니까 조용히 빨리 나와서 복귀해라. 그리고 오늘 형이 끝나고 쏠 테니까 밥이나 먹고 가자. 뱃속에서 꼬르륵 소리 너무 크게 난다, 인마. 그러게 아까 밥 먹으라니까 뭔 살을 빼겠다고 밥을 안 먹어? 그러니까 빌빌대는 거 아니야? 몸 쓰는 놈이 밥심으로 버텨야지. 암튼, 형 먼저 나갈 테니까 다른 애들 눈에 안 띄게 잘 보고 나와라. 지금 다들 일 하고 있으니까, 알았지?"

"……네."

휴게실의 철문 닫히는 소리가 우렁차게 고막을 강타하고 그 여운이 사라지고도 영재는 한참을 더 앉아있었다. 불이 꺼진 휴게실 안의 어두움 때문이었을까. 영재는 어디서부터 꿈이었는지 분간하기가 힘이 들었다.

영재는 다시 한 번 자신의 배를 어루만져보았다. 분명 온전한 자신의 배였다.

'덕수가 지게차 경력이 많았더라면, 사고를 미연에 방지할 수 있었을까?'

일어나 정신을 차리게 될 즈음 갑자기 덕수에 관한 생각이 불현듯 떠올랐다.

설사 경력이 많이 있는 지게차 사원이라도 그런 아찔한 순간의 상황에서는 누구라도 사고를 피할 수 없었을 것이라고 영재는 생각했다. 지게차라는 장비를 다룬다는 것은 그만큼 어렵고 위험한 일이었고, 사고는 예고 없이 누구나에게 찾아오기 때문이었다.

철문 바깥으로부터 지게차들 움직이는 소리가 가까이 들렸다 사라지곤 했다. 영재는 몸을 움직여 조심스레 밖으로 나와 보았다. 높은 천장에서 내리쬐는 여러 개의 강렬한 형광등 불빛과 함께 저 멀리 지게차 사원들의 분주하게 움직이는 모습이 보였다.

영재는 다른 지게차 사원들의 눈에 띄지 않게 휴게 시간 지게차를 잠시 충전해 놓은 곳으로 조용히 발걸음을 옮겼다.

지게차는 '윙' 하는 둔탁한 충전 소리와 함께 여전히 충전이 되고 있었다. 문득 충전 단자를 지게차에서 빼내어 그 모양새를 요리조리 유심히 둘러보았다.

그러고 보니 업무가 끝나면 빠르게 집에 갈 생각에 혹은 한시라도 피곤한 몸을 빨리 쉬게 해주고 싶은 생각에 아무 생각 없이 급하게 충전기만 끼고 빼봤지 지금처럼 그 생김새를 세밀히 관찰해 본 적은 없는 것 같았다. 이 작고 가느다란 전기선으로 사람이 탈 수 있는 거대한 고철 덩어리에 생명을 불어넣어 준다고 생각하니 그 모습이 달리 보이고 신기하기만 했다.

지게차에 올라 탄 영재는 자신이 잠들었던 한 시간 동안 계속해서 일을 해 온 것처럼 태연히 움직였다. 그리고 아무 일도 없었다는 듯 유연하게 지게차를 운전해 나갔다. 다행히 아무도 모르는 눈치였다.

지게차로 이동하며 눈 아래 계기판을 보니 지게차 배터리는 여전히 완충되어지지 않은 것이 눈에 들어왔다. 주간과 야간의 지게차 사원들이 교대로 사용하다보니 지게차의 배터리는 항상 부족하기만 했다. 이곳에서 완충되어진 지게차를 운행해 보는 것은 영재가 속해있는 야간조 지게차 사원들에겐 불가능한 일일지도 몰랐다. 물류센터의 특성상 주간 업무가 끝나자마자 바로 야간 업무로 재빠른 교대가 이뤄지기 때문이었다.

반면 야간 업무가 끝나고 새로운 아침이 시작되기까지는 5시간의 공백이 있었기에 주간조 지게차 사원들은 완충된 지게차를 타는 기분을 누려볼 수 있을 것이었다. 그 기분은 과연 어떨까. 쓸데없을 궁금증 이었지만 영재는 문득 그 기분이 궁금해진다. 그럴 리는 없겠지만 완충된 지게차는 왠지 더욱 강한 힘을 내고 더 빠르게 움직일 수 있을 것만 같았다.

그 순간 덕수가 눈앞에서 지게차를 타고 지나가는 것이 보였다.

그 모습을 보고 놀란 영재가 갑자기 지게차를 멈추니 영재의 눈앞을 지나갔던 덕수가 순간 지게차를 크게 돌려 영재에게 다가왔다.

“영재 형, 휴게실에서 자고 있었다며? 많이 피곤해요? 할 거 얼마 없어. 내가 다 할 테니까 좀 쉬어요. 무리하지 말고.”

“……야, 너 괜찮아……?”

"뭐가?"

"아니……."

"뭐래. 이 형 이거 오늘 상태 많이 안 좋네. 일 거의 다 끝났어. 좀 쉬고 있어요."

덕수는 바람을 타듯 날쌔게 지게차를 다시 돌려 웃으면서 영재의 곁에서 멀어져 갔다.

잠시 뒤, 금일의 업무가 거의 마무리 돼 가는지 지게차 사원들의 움직임이 둔화되어 갔다. 지게차를 타고 이곳저곳을 돌아다니던 영재는 저 멀리 덕수와 인제, 진수가 모여 있는 것이 눈에 들어오자 그곳을 향해 지게차 방향을 틀었다. 영재는 여전히 잠에서 덜 깬 듯 흐릿한 얼굴 표정이었다.

"우리 영재 형, 오늘 안 되겠는데? 형, 왜 이렇게 멍해있어? 무슨 일 있어요?"

"영재야, 너 한 시간 동안 휴게실에 있었다며? 어쩐지 너 안 보여서 내가 인제한테 가보라고 한 거야. 거기서 자고 있을 거 같더라고."

"형님, 근데 더 웃긴 게 뭔 줄 알아요? 영재 형 없는 거 현장에서 아무도 몰라. 아무도 신경 안 써. 인제 형, 안 그래요?"

"영재 엄청 피곤했나봐. 흔들어 깨워도 잘 모르더라고. 아까 쉬는 시간 끝나고 나올 때 우리가 완전히 깨워서 같이 데리고 나올걸 그랬어. 우린 너 뒤따라 나오는 줄 알았지. 내가 나오기 전에 한 번 깨웠었잖아. 기억 안 나?"

"기억나요. 그때 한 번 눈 떴었는데 형들 나가고 다시 잠들었나 봐요. 아…… 이래서 처음 눈 떴을 때 바로 일어나야지 안 그럼 또 잔다니까. 이거 좀 미안하네."

"영재 형, 여기 땡땡이 쳐도 아무도 모른다니까?"

"그러니까 낮에 일 좀 작작해, 인마. 아무리 애들이 셋이라지만 그러다가 너 훅 간다."

"미안하긴 뭘 미안하냐. 사람인데 그럴 수도 있지. 대신 내일은 니가 일 다 하면 되잖아."

"그럼요. 내일은 제가 형들 몫까지 다 해드릴게요. 제가 또 막 이렇게 한 지게차 타고 그러잖아요. 물류 경력만 10년이라니깐요?"

"영재 형, 지게차는 물류 경력이랑 상관없는 거 알지? 지게차는 그냥 잘 타는 사람이 이기는 거야. 물류 10년 다 필요 없다니깐. 나 봐. 지신이잖아."

"지신? 지신이 뭐냐?"

"지게차 신."

얼굴 표정 하나 변하지 않는 덕수의 패기 있는 대답에

모두가 웃음이 빵 터진 가운데 가만히 듣고 있던 인제가 참다못해 한 마디 거든다.
"놀고 있네, 저거 또. 야, 니가 지신이면 그럼 난, 뭐 지왕이야?"
"지왕은 뭐야? 혹시 지게차 왕?"
"그래, 지게차 왕."
"염병들 하고 있네, 진짜. 야, 진정한 지게차 왕은 나처럼 밖으로 얘기 안 하고 조용한 법이야. 나 봐봐. 딱 봐도 지게차 왕이잖아."
"진수 형님, 형님은 됐고요. 그럼 진수 형님이 심판 좀 봐줘요. 나랑 인제 형이랑 지게차로 내기 한 번 하지, 뭐. 인제 형, 어때?"
"너 나한테 지게차로 안 된다니깐 그러네."
"아, 그러니까 말로만 그러지 말고 한 번 해보자고. 어차피 일도 다 끝났는데, 뭐. 여기서 둘이 동시에 출발해서 저기 열 번째 삼 단 랙에 있는 거 빼서 내렸다가 다시 넣고 돌아오는 걸로. 어때, 형. 콜?"
"아…… 자식이 귀찮게 하네. 너 일루와, 그럼. 콜!"
"형, 이거 지면 앞으로 진짜 할 말 없기다?"
서로 지게차 왕이라고 우기며 실력을 뽐내려 하는 눈앞의 지게차 동료들을 보니 영재는 왠지 흐뭇했다.

함께해주는 동료들이 있었기에 힘들고 고된 물류 생활을 버텨나갈 수 있었고, 단점을 감싸주고 위로해주는 형·동생들이 있었기에 지친 심신을 달래가며 일할 수 있는 에너지를 하루하루 충전시켜 나갈 수가 있었다. 우리는 모두가 외로웠지만 또 외롭지 않은 사람들이었다.

주변 모든 것들이 너무나 감사했고 눈이 부셨다.

"인제 형님, 근데 우리 저거 맨날 깡통이라고만 부르는데 FT봇1이 무슨 뜻인지 혹시 아세요? 영어로 무슨 약자일 거 같은데요."

"영재 형, 인제 형한테 뭘 바래? 물어볼 사람한테 물어봐야지."

"덕수 너, 확 그냥. 영재야, 그거 꼭 알아야겠냐? 깡통이 그냥 깡통 로봇이지 뭐 그런 걸 생각하고 그러냐. 일만 하기도 머리 아픈데. 저거 쓰지도 않아서 먼지 쌓이고 벌써 고철된 거 같은데 뭘 신경을 써. 안 그래요, 형님?"

"거 봐, 인제 형 모른다니깐."

"덕수 넌 좀 조용하고. 형님, 영어 나왔네, 영어. 에프틴지 뭐시긴지 저거 뭔 뜻이에요?"

"글쎄…… 한 번 보자. 야, 여기 조그맣게 'Forklift Truck Bot Ⅰ' 이라고 적혀 있네. 잘 보면 어딘가에 다 이렇게 써

있다니깐? 그래서 설명서 같은 게 있는 거 아니겠냐? 잘 찾아보면 다 알 수 있는 건데 그냥 그럴 생각들을 안 하니…… 참…….”

“누가 설명서 같은 거 일일이 찾아보고 그래요? 형님이나 그런 거지.”

“잘났다, 인마. 야, 근데 이거 ‘지게차 로봇 1호’ 뭐 이런 뜻인가 본데?”

“오…… 그게 거기 적혀 있어요?”

“어. 여기 있잖아. 뒤쪽에 작은 글씨로.”

“진짜 있네. 아니 이렇게 작게 써 놓은 걸 어떻게 찾으셨어요? 눈도 안 보이실 텐데.”

“이런…….”

“근데 포크리프트 트럭이 지게차라는 뜻이에요?”

“어. 니들 몰라?”

“모르지 우리는.”

“이야…… 역시 유학파라 모르는 게 없네, 모르는 게 없어. 진수 형님은 여기서 일하기 아깝다니깐.”

“또 쓸데없는 소리 하고 있다. 야, 니네 지게차 자격증 시험 안 봤어? 필기시험 공부할 때 다 나오잖아. 아마 문제집 표지에도 크게 써있을 걸? 옛날에 내가 본 거 같은데?”

“형님, 그걸 공부도 했어요?”

"그럼 시험인데 공부 안 해?"

"우린 또 공부 같은 건 별로 안 좋아하잖아요. 나 한 네 번 보니까 그냥 붙던데."

"인제 형, 필기시험 네 번이나 봤어? 대단하다, 진짜. 그걸 지금 자랑이라고 여기서 말하고 있는 거야? 남들 다 한 번에 붙는 걸?"

"덕수 너, 오늘 안 되겠다. 일루 와. 확 저걸 그냥 저 깡통로봇처럼 만들어 버릴까 보다."

"아니 근데 이건 여기 왜 갖다 놓은 거야, 좁아 죽겠는데. 개뿔 뭔 지게차 로봇이라고. 저거 갖고 뭘 하겠어. 먼지 쌓이면 청소하기만 힘들지."

"그러게 말이에요. 일은 우리가 다 하는데. 안 그러냐, 영재야?

물류센터 초소 앞을 지키고 있는 진풍이에게 진풍이만의 영역이 있는 것처럼 결국 A.I.에게는 A.I.만의 영역이 있을 것이었다. 그리고 사람에게도 역시 사람만의 영역이 확고히 자리 잡고 있을 것이 분명했다.

결국 물류센터라는 곳은 항상 이렇다 저렇다 말들이 많아도 사람 없이는 절대로 돌아갈 수 없는 절대 불가결의 존재였고, 사람들의 굵은 땀방울로 온갖 기계들을 돌려가며 우리 삶의 모든 편리함을 만들어 낼 수 있던 곳이었다.

서로가 그렇게 외쳐대던 지게차 왕의 주인공은 결국 나 자신, 즉 우리네 사람이었고 물류의 본질 역시 사람이었다. 그리고 이 지구가 숨을 쉬는 한 그 사실은 앞으로도 영원히 변하지 않을 것이다.

영원히.